Herbert Mehren

Verfluchter Tango

Über das Buch

Dies ist meine Geschichte, so wahr mir Gott helfe! Eine Geschichte, die mich bis an den Rand des Wahnsinns und der eigenen Hölle geführt hat. Darum warne ich euch, ihr Neugierigen und Leichtsinnigen. Lasst den verfluchten Tango sein!

Ich war auf der Suche nach der großen Liebe und glaubte naiv, sie in der Welt des Tangos finden zu können. Aber der Tango ist kein Ponyhof, und ich lernte auf die harte Tour, was ein Tanguero wissen sollte, um auf dem Parkett zu überleben.

Im *Cabeceo* begegnete mir »*Heidrun*«. Ich war verhext von ihr und fieberte danach, sie bei der »*Milonga der Woche*« wiederzusehen. Dort tummelten sich Anfänger, Experten, geile Typen und tolle Frauen auf ihrer Suche nach dem Glück in der Umarmung.

Endlich war sie da. Der Tango mit ihr zog mich in einen wahren Strudel der Leidenschaft, dem ich nicht mehr entrinnen konnte und wollte. Ich gab jede Vorsicht auf und ließ mich ganz ein auf diese schöne Frau, auf diesen verfluchten Tango. *Heidrun* spielte jedoch ein bitterböses Spiel. Aber ein wahrer Tanguero gibt nicht auf...

Alle, die mehr vom Tango wissen wollen, lade ich ein in meine Welt des Tangos. Ich stelle euch viele Tangofiguren vor, die mir gefallen und mache euch mit den ungeschriebenen Regeln auf dem Parkett vertraut.

Carlos

Herbert Mehren

Verfluchter Tango

Aus dem
Tagebuch eines Tangueros

Bibliografische Information der Deutschen Nationalbibliothek:
Die Deutsche Nationalbibliothek verzeichnet diese Publikation in der Deutschen Nationalbibliografie; detaillierte bibliografische Daten sind im Internet über http://dnb.dnb.de abrufbar.

Illustration: Gisela Mehren / Herbert Mehren
Cover-Gestaltung: Herbert Mehren

Herstellung und Verlag: BoD – Books on Demand, Norderstedt

ISBN: 9 783748 168126

Übersicht: Seite

Das Lied des Tangueros   8

Gestatten, Carlos   11

Was man als Tanguero wissen sollte   23
- Der Platzhirsch   25
- Ansprechen   30
- Tango erlernen   36
- Auftritt in der Milonga   39
- Erwartungen   44
- Auffordern   50
- Umarmung   54
- Körperhaltung   59
- Erste Schritte   62
- Führen und Folgen   65
- Entschuldigung   68
- Gequatsche und so   72
- Der Oberlehrer   75
- Abschied   77
- Eifersucht   80

Verfluchter Tango   85

- Vorhang auf   87
- Vorbereitung   91
- Ankommen   99
- Parkettgeflüster   107
- Tango   113

Anmerkungen   133

- Carlos' Tangomusik   135
- Tangoschritte   147
- Schrittfolgen   151
- Regeln auf dem Parkett   185

Komm!

Das Lied des Tangueros

Du sagtest „Komm!"
und schaust mir in die Augen,
dann nahmst du ohne Zögern meine Hand.
Das war der Augenblick,
ich wagte nicht zu glauben,
der dich mit meinem Herzen eng verband.

Der Tanz beginnt, spür dich in meinen Armen,
und fühle eine dunkle, starke Macht,
die mich bedrängt,
sie kennt wohl kein Erbarmen,
die mir den Atem nimmt
noch für die ganze Nacht.

Der Tango treibt uns in die ersten Schritte.
Die Füße folgen keiner festen Terz.
Dein Bein umschlingt mich, zieht mich in die Mitte.
Dein Körper drängt sich an mein wildes Herz.
Es ist ein süßer, fast ein zarter Schmerz,
der mich betrunken macht, heut Nacht.

Der Tanz verfliegt, ein letzter hoher Ton,
da schaust du schon zu einem andren Mann.
Du sagtest nichts und windest dich davon,
aus meinem Arm, was hab ich dir getan?
Ich fühle mich auf einmal ganz verloren,
denn du bist fort, mein Glück ist mir erfroren.

Nur meine Liebe ist mir noch geblieben,
bewahrt mich vor dem dunklen Höllenloch.
Mein Herz ist wund, es wird dich immer lieben.
Doch eine Hoffnung nährt mich, immer noch.
Drum singe ich, um nicht von dir zu weinen,
dass unsre Seelen sich im letzten Tanz vereinen.

Carlos

Gestatten, Carlos

Bevor ich meiner heißen Story die Sporen gebe und mit dir in den Tango-Wahnsinn eintauche, möchte ich mich hier erst mal vorstellen. Höflichkeit muss sein! Und ein Tanguero kann es sich leisten, höflich zu sein.

Ich könnte meine Geschichte anfangen mit:

„Ich bin in einer Bäckerei aufgewachsen und hatte absolut keinen Bock darauf, dem Wunsch meiner Eltern nachzukommen und Pfarrer zu werden."

Ich bin mir sicher; fünf Minuten so weiter, und du popelst in der Nase, gähnst, blätterst im Käseblatt, zappst rum, ob nicht noch was Tolles in der Glotze läuft und schickst deine Holde nach dem nächsten Bier.

Und du fragst dich:

„Was ist das für ein Typ, der seine Geschichte vom Tango erzählen will? Tango, na und? Es haben viele drüber geschrieben. Was soll da noch ein neues Buch? Und überhaupt! Wie tickt er, der Carlos? Und warum diese Geschichte?"

Deswegen also >meine Vorstellung<, damit du weißt, mit wem du es zu tun hast, und warum ich meine Geschichte erzählen will, ach was, muss! Ich kann nicht anders. Meine Finger zucken automatisch über die Tastatur, ohne dass ich etwas dabei denke. Sie haben sich selbständig gemacht, beherrschen mich. Bin ich etwa reif für die Klapse?

Ich heiße Karl, aber nenn mich einfach „Carlos", ein Name, der eher nach einem südländischen und glutäugigen Temperamentsbolzen klingt, und von dem wir blass-gesichtigen und durch autoritäre Mütter und Feminismus-Gequatsche weichgespülten und kastrierten Normalos annehmen, dass die Frauen darauf abfahren.

Natürlich heiße ich in Wirklichkeit anders. Aber, Hand aufs Herz, wer interessiert sich groß für jemand, der Karl-Günther (mit „th") heißt.

Mein Aussehen ist nicht so toll, eher nichtssagend mittelmäßig. Die Nase ähnelt mehr dem „Zinken einer levantinischen Piratenfresse", hat mir mal eine Verflossene gesagt. Mit dem Mädel war es dann vorbei. Ich habe auch meinen Stolz!

Das Kinn ist nicht markant ausgeprägt, eher fliehend, und es hat kein Grübchen wie bei den alten Haudegen in amerikanischen Monumentalschinken. Dafür ziert es eine ziemliche Schramme, die mir in grauer Vorzeit mein Bruder als Kind mit einem Spaten reingeschlagen hat. Sieht gefährlich aus, so als ob ich keiner Klopperei aus dem Wege gehen würde.

Dabei bin ich eher ein Angsthase, ich haue gerne ab, wenn es brenzlig wird und wehtun könnte. Die Macke scheint zu signalisieren: „Vorsicht, Karatekämpfer" oder so. Deswegen lassen mich die Jungs meistens in Ruhe.

Die Ohren, nun ja, die stehen ab und sind ziemlich groß. Damit kann ich gut hören, vor allem Sachen, die mich nichts angehen. Meinen Kopf ziert eine wilde Mähne schwarzer Haare, die schwer zu bändigen sind. Leider schimmern da vermehrt graue Strähnen durch. Egal.

Meine Augen sind dunkelbraun, und ich kann sie unter den buschigen Augenbrauen ganz schön zum Glühen bringen. Kommt gut an, wenn ich jemanden überzeugen will.

Falten hab ich auch. Die zeugen halt von vielen Lebens- und Liebesstürmen, die an mir gerüttelt haben.

Mein Body ist eher schlank bis schmächtig, Auch wäre ich gerne ein paar Zentimeter größer als meine eins siebzig. Das kann ich gut mit hohen Absätzen an meinen Cowboy-Stiefeln kaschieren.

Wenn ich meinen schlaffen Körper so betrachte, frage ich mich, warum eine Frau Lust haben sollte, ihn anzufassen. Da gibt es keine gestylten Muckis, weil ich von Muckibuden nichts halte. Muckis werden sowieso überbewertet. Frauen, die ich mit Muckis begeistern könnte, liegen nicht in meinem Beuteschema. Wenn die Mädels erst mal meine nackte Haut zu sehen bekommen, gibt es sowieso kein Zurück mehr, und ich habe sie schon von meinen inneren Werten überzeugt.

Also, alles in allem: Ich bin kein Adonis. Ich bin nicht der Kerl, über den die Mädels hinter vorgehaltener Hand tuscheln, und mit dem sie gerne mal ein Abenteuer erleben möchten und spontan in die Kiste wollen.

Außerdem habe ich eine große Klappe, und ich kann zu Allem und Jedem meinen Senf dazu tun. Und ich bin schlagfertig und blitzschnell im Kopf und auf den Beinen. Trotzdem leide ich ziemlich oft unter Minderwertigkeitskomplexen.

Vielleicht liegt es an dem verqueren Frauenbild, das mir von meiner dominanten Mutter in meiner eher traurigen Jugend vermittelt wurde. So ab zwölf war ich spitz wie unser Hund Lumpi, diesem Bezirksbefruchter. Da war bloß niemand, der mich in die

Geheimnisse der Sexualität eingeführt hätte. Der mir erklärt hätte, wie das so ist zwischen Mann und Frau. Das hab ich dann auf die drastische Art von meinen Kumpels auf der Straße brühwarm erklärt bekommen, die schon mit vierzehn prahlten, wen sie alles flach gelegt hatten.

In unserer Familie war das Thema >Sex< dagegen absolut tabu. Wurde nicht drüber geredet. Ich war total schüchtern und bin es teilweise auch heute noch. Wenn ich mit einem Mädel reden wollte, habe ich keinen Ton rausbekommen und bin rot angelaufen.
Besonders, wenn sie dazu noch hübsch war, ging gar nichts mehr.
Aus lauter Angst, die Maid könnte mitkriegen, dass ich scharf auf sie bin und Gefühle für sie hege, war ich eher ruppig und abweisend, hab sie aus der Ferne angehimmelt, so am Autoscooter abgehangen und dem Mädel bedeutungsschwere Blicke zugeworfen.
Na, ihr wisst schon, damals in den 90ern.

Ein Erlebnis, dass mir heute noch Gänsehaut erzeugt, und ein Licht auf die damaligen Erziehungsmethoden und den Umgang mit Sex in meinem Elternhaus wirft, möchte ich euch nicht vorenthalten:

Es war an einem verregneten Nachmittag im zarten Alter von zwölf Jahren. Ich zeichnete gerade, tief in meine erotischen Fantasien versunken, ein lüsternes Bild von Heinz und Herta, welche zu der Zeit gerade ihre Lehre in unserer Bäckerei machten, und zwar beide pudelnackt. Besonderes akribisch widmete ich mich den Details und stattete Heinz mit einem ziemlichen Pimmel aus.

Da ich in diesem Alter noch nicht wusste, wie eine nackte Frau untenrum aussieht (echt wahr!), malte ich bei Herta anstelle des Pimmels ein solides Rohr.(logisch, oder?)

Ich war im lustvollen Ausmalen meines Kunstwerks vertieft, als meine Mutter ins Zimmer kam. Mit ihrem untrüglichen Gespür für eine Untat meinerseits fragte sie mich:

„Was malst du da Schönes? Zeig mal her!"

„Nix" sagte ich und schob mein Kunstwerk schnell unter meinen Pulli. Als ich so vor ihr stand, rutschte das Bild raus und segelte langsam auf den Boden. Ich erstarrte, ich wollte in der Erde versinken und nur noch sterben. Meine Mutter hob neugierig das Gemälde auf, ihre Gesichtszüge entgleisten zu einer starren Maske, und sie zerriss wortlos mein Werk in tausend Stücke. Ab da redete sie tagelang nicht mehr mit mir. Ich war Luft für meine Eltern. Ich wurde verdammt und ausgestoßen. Wenn ich etwas fragte, taten sie, als wenn ich gar nicht da wäre und redeten einfach weiter, sogar über mich in der dritten Person:

„Ach Franz (so hieß mein Vater), ich mach mir so Sorgen um den Karl-Günther. Was soll bei seinen schlechten Noten bloß aus ihm werden? Vielleicht reicht es für ihn ja als Schreiber in der Stadtverwaltung." Oder sie blickten weg, oder durch mich hindurch. Psychoterror pur, kann ich nur sagen.

Kannst du dir vorstellen, wie sich das anfühlt? Ich war verzweifelt und verzog mich nach draußen zu unserer Straßengang oder zu Grete Faust aufs Klo.

Da war niemand, bei dem ich Trost gefunden hätte. Das Erlebnis hat mich derart konditioniert, dass ich

„Sexgefühle = Gefahr und Liebesentzug"

verinnerlicht hatte. Solche Gedanken und Gefühle wurden damit tabuisiert.

Dabei war ich scharf wie eine Rasierklinge (Ich sagte es schon). Das durfte niemand mitbekommen. Am wenigsten meine Mutter. Ich musste mich später so anstrengen, um mal an ein Mädel zu kommen. Als ich endlich achtzehn wurde, habe ich deshalb als erste Maßnahme einen Tanzkurs besucht, Standard und Latein, ein Abend die Woche, dazu an den Sonntagen freies Tanzen beim Tanztee. Das war schon mal nicht schlecht.

Ich kam zwar in Kontakt mit den Mädels, aber die alten Probleme der Schüchternheit und Sprach- und Einfallslosigkeit in Gegenwart einer hübschen Maid waren damit nicht gelöst. Wenn ich endlich mal eine Hübsche mit stockender Stimme an die Bar eingeladen hatte, saß ich da, stumm wie ein Fisch oder stotterte rum.

Mein Freund Heinz war da das genaue Gegenteil. Er konnte charmant mit den Mädels flirten und hat mir manche süße Maus ausgespannt, bevor es ernst wurde, dieser Sausack.

Zu den ersten Tanzstunden zog ich mir zwei enge Badehosen übereinander an, damit die Mädels nichts von meinem erwachenden Hosenwurm mitbekamen.

Was konnte ich gegen meine Schüchternheit und Ängste tun? Ich machte mir strategische Gedanken, wie ich mir ein „altes Ego" basten und verinnerlichen könnte, das mir hilft, meine Sehnsucht nach Nähe, Liebe und Sex zu stillen.

Dann, als Jungmann ab Mitte zwanzig, besuchte ich, als Phase zwei meiner Strategie, an der Volkshochschule verschiedene Kurse, vorzugsweise solche, die gerne von Frauen frequentiert wurden, wie Gesprächskreise, Maskenbau, Selbsterfahrungs-Workshops, Malen, Töpfern, Goldschieden, Schneidern und Theaterspielen.

Ich kann dir sagen. Das war die tollste Idee. Nichts als hübsche Frauen und Mädels, und alle waren so aufgeschlossen für den mitunter einzigen Kerl in ihrer Mitte.

Der Knaller war jedoch das Theaterspielen!

„Das wahre Leben findet auf der Bühne statt.

Alles andere ist Theater."

Das war der Slogan unseres Hexenmeisters. Wie wahr.

Wir improvisierten auf Teufel komm raus verschiedene Rollen und tauchten auf der Suche nach dem besten Ausdruck tief in unsere eigenen Schattenseiten ein. Ich probierte aus, wie ich einen König mit seinem Machtgehabe oder einen Bettler in seiner Hoffnungslosigkeit überzeugend darstellen konnte.

Wut, Sehnsucht, Trauer, Freude, Geiz, Gier, Mitgefühl, Hass und Liebe, also die ganze Bandbreite der Gefühle standen auf dem Programm, und wir sollten sie so darstellen, dass es noch die Leute in der letzten Reihe von den Stühlen hebt oder ihnen Tränen in die Augen treibt.

Da ich einer der wenigen Männer in der Truppe mit einer markanten und hochnäsigen Visage war, wurde mir vorzugsweise die Rolle des Königs aufs Auge gedrückt.

So konnte ich bei den Improvisationsspielchen als Obermacker beliebig die Leute rum kommandieren, mir die Frauen nehmen, auf die ich Bock hatte, meine unsinnigen Befehle rausschreien.

Als König war ich jedoch umgeben von Neidern, Intrigenspinnern, von Jasagern und Speichelleckern. Die warteten darauf, mich hinterrücks abschießen zu können, spannen ihre Intrigen und wollten mir ans Leder.

Dadurch lernte ich auch die Kehrseite des König-Seins kennen: seine *Einsamkeit*. Er konnte niemandem trauen und bekam keine ehrlichen Ratschläge von seinen Hofschranzen.

Ich bin dann oft durch Verrat mit wehenden Fahnen gescheitert.

Das Scheitern will übrigens gelernt sein.

Da ich immer schon große Angst davor hatte, mal als armer Penner unter der Deutzer Brücke zu landen, ging ich das Thema frontal an und ließ mich in einer belebten Einkaufsstraße in der City auf eine Improvisation als Bettler ein:

Ich saß mit ausgelutschten Jeans und dreckigem T-Shirt besoffen auf der Straße, quatschte und pöbelte Frauen an, war frech wie Dreck, furzte, kratzte mich in aller Öffentlichkeit am Gemächt, grölte rum, sang schweinische Lieder und bettelte auf Teufel komm heraus um Almosen. Ich bedrängte die Leute, lief hinter ihnen her. Ich fasste sie an mit meinen dreckigen Händen, fummelte an ihren schicken Klamotten rum, jammerte ihnen von meiner krankem Mutter und meinen vier Kindern vor und setzte sie unter Schuldgefühle. Dabei fühlte ich mich frei wie ein Vogel.

Mensch, die Rolle hat mir Spaß gemacht. Vor allem die hilflosen Reaktionen der Frauen, die ich mir aufs Korn genommen hatte. Dabei hatte ich Glück, dass ich von den begleitenden Männern keine in die Fresse bekam. Die waren eher von der Situation überfordert und wussten nicht, wie sie mich bremsen sollten. Von wegen: „Tapfere Verteidiger und Ritter ihrer Damen".

Dieses Bettlersein hatte was, so ganz ohne Zügel, Zucht, Regeln und Anpassung. Damit hatte ich eine abgründige, dunkle aber auch verlockende Seite an mir entdeckt, die ich vorher so nicht kannte:

>Das zerstörerische Ausleben der Emotionen ohne Rücksicht auf die Anderen<.

Ich übte mich in immer neuen Rollen, spielte den dienstiefrigen Koch Brighella in >*Diener zweier Herren*< (Goldoni), fiel als rechtschaffener Fürst Leonato bei >*Viel Lärm um Nichts*< (Shakespeare) einer bösartigen Intrige um seine Tochter zum Opfer und scheiterte als schwuler Brick im Drama >*die Katze auf dem heißen Blechdach*< (Tennessee Williams) an der Liebe.

Dazwischen entwickelten wir in Theater-Workshops in der Toskana aus Improvisationen eigene Theaterstücke, wie >*Odysseus*<, der mit seinen Kumpels von der Circe zu Schweinen verhext wurde und rumgrunzte, oder >*Turmbau zu Babel*<, bei dem ich als anmaßender und machtgeiler Hohepriester an der Sprachverwirrung scheiterte.

Mit leichtem Schüttelfrost erinnere ich mich an eine moderne Interpretation unserer Theatergruppe über das Thema >*Froschkönig*<, speziell für Erwachsene, so nach dem Motto:

„...wenn ich nur 10 cm größer/ oder reich/ oder gut aussehend wäre, dann wäre alles gut, und das Glück käme zu mir."

Bei diesem Froschkönig-Stück sollte ich wieder mal den König spielen: Einen unselbstständigen, prahlerischen und geilen Tollpatch in seinem Verschwendungswahn. Eine pikante Rolle, weil neben meiner aktuellen Flamme auch meine heimliche Geliebte mit auf der Bühne stand und die Rolle der schönen Bauchtänzerin spielte. Und in die musste ich mich per Drehbuch noch verlieben. Oha! Das war der Tanz auf des Messers Schneide.

Wie gesagt, Theaterspielen war Adrenalin pur!

>Das wahre Leben findet auf der Bühne statt...<

Das war der Durchbruch!

Ich lernte, den Mut zu haben, meine Emotionen wahrzunehmen und ihnen ohne Angst vor Bestrafung Ausdruck zu verleihen, sie sogar zu überzeichnen. Damit hatte ich scheinbar den Schlüssel zu meinem „neuen Ego" gefunden.

Viele Jahre vertiefte ich meine Theater-Erfahrungen in diversen Fortbildungen, zog mit verschiedenen Theatertruppen von Stadt zu Stadt und spielte auf Teufel komm raus in den Stücken von Shakespeare, Goldoni und Co.

Durch die vielen Rollen, die ich darstellte, stand mir ein solides Verhaltens- und Text-Repertoire zur Verfügung, mit dem ich selbstbewusster bei den Damen auftreten konnte, so dachte ich.

War ja alles Theater.

Dann, an einem langweiligen und verregneten Samstagabend, stolperte ich in Ludwigsburg durch Zufall in eine Aufführung des argentinischen Tangos.

Als ich das Paar in engen und leidenschaftlichen Umarmungen auf der Bühne tanzen sah, und die Tango-Musik hörte, traf es mich wie ein Blitz. Dieser argentinische Tango war genau mein Ding, diese Präsenz, diese Erotik.

Nach der Vorstellung bin ich sofort hinter die Bühne:

„Wo kann ich den argentinischen Tango lernen?" fragte ich atemlos die beiden Akteure. Ich war rettungslos verfallen.

Damit begann meine Tangokarriere.

Kommen wir jetzt zu der Geschichte, die ich dir erzählen wollte: dem *„verfluchten Tango"*.

Vorher möchte ich dich jedoch in die Geheimnisse einweihen, die du für den Tango wissen solltest.

Stopp

für alle unter 18 und für Muttersöhnchen!
Ihr dürft hier nicht weiterlesen und solltet das Buch wieder brav zurück ins Regal stellen.
Dieses Buch ist nicht jugendfrei!
Für bleibende seelische Schäden werde ich daher nicht haften.

Auch du, Heidrun!
Wenn du das Buch in die Finger bekommst.
Lass es!
Lies bitte nicht weiter!!

Was man als Tanguero wissen sollte

Der Platzhirsch

Der Platzhirsch

Meine langjährigen Erfahrungen als Tanguero haben mir immer wieder gezeigt, dass graue Mäuse im Mamas Lieblingsoutfit von der holden Weiblichkeit und auch von den Jungs oft nicht wahr- und ernstgenommen werden.

Was zählt, ist die Einzigartigkeit, das Besondere, das sich einprägt, und zwar nicht nur bei der Kleidung, sondern auch bei deinem Auftritt in der Szene.

Also, schmeiß dich in Schale, es darf auch etwas mehr sein, es darf sogar Kitsch sein. Selbstbewusst, wie du bist, lachst du darüber.

„Was macht denn so einen Platzhirsch aus?" Wirst du fragen. Hier ist meine Antwort:

- o Entschlossenheit und Achtsamkeit (wie ein Samurai)
- o Freundliches Interesse, auch Großmut gegenüber Feinden
- o Charme und Höflichkeit, auch bei den Mauerblümchen
- o Selbstbewusstsein und Einzigartigkeit
- o Keine Be- oder Verurteilung Andersdenkender

Das sind meines Erachtens so die Ziele, an denen du arbeiten solltest. Nicht einfach, ja, ich weiß. Als Platzhirsch stehst du dann jedoch über den Dingen, kannst generös sein, verzeihen. Denn für dich stehen alle Türen offen. Aber das soll nicht heißen, dass jeder mit dir den Molli machen kann.

Deswegen ist es notwendig, ab und zu auf den Tisch zu hauen und die Zähne zu zeigen. In unserer weichgespülten Männerwelt wirkt das Wunder, und die gewünschte Achtung ist wiederhergestellt.

Steck dir einen dicken Siegelring an den Finger, besser noch einen zweiten Ring auf den Daumen (siehe Corleone). Und du wirst sehen: Die Frauen können ihre Augen nicht mehr von deinem Daumen lassen. Dauernd müssen sie hingucken. Und der Daumen sieht ja aus, wie, nun ja, du weißt schon.

1:0 für dich.

Wenn du noch jung bist und volle Haare hast, mach dir einen Zopf, aber bitte nicht so einen dünnen Rattenschwanz, wie ich manchmal sehe. Es sollte auch kein kurzes Pinselschwänzchen sein. Das könnte bei den Mädels zu falschen Rückschlüssen führen. Lass dich von den Mädels beraten. Die wissen, was gut ankommt.

Und wenn du älter bist und schon dünne graue Haare hast: Widersteh der Versuchung und lass das mit dem Schwanz bleiben. Sieht echt nicht gut aus, eher nach Bedürftigkeit, Armut, so ein dünnes faseriges graues Ding unterhalb der durchschimmernden Platte. So nach: „Gewollt und nicht gekonnt". Überlass solche Spielereien den Jüngeren, denn du hast andere Qualitäten.

Wenn schon wenig Haare, dann Glatze. Ich weiß auch nicht, warum Männer mit Glatze oft so gut bei den Mädels ankommen. Scheinbar kommt damit der markante Charakterkopf besser zur Geltung. So wie bei den Glatzköpfen in Aktion-Filmen. Die sind sozusagen die „Door-Opener" für alle Glatzköpfe. Oder haben diese Glatzkopf-Kumpels mit ihrer prallen Männlichkeit die Damen schon so konditioniert, dass Glatzköpfe mit sexueller Potenz gleichgesetzt werden?

Binde dir ein schmales Tuch oder Band um die Stirn, so wie bei den Rocker-Typen der 80er, schwarz-weiß, auf keinen Fall glatt gebügelt, hat was Wildes.

Man/Frau spürt, dass du es ernst meinst mit dem Tango. Deine Haare hängen nicht ins Gesicht, und der Stirnschweiß wird gebändigt.

Zieh dir ein geiles Sakko an, am besten Nadelstreifen-Zweireiher. Wirkt seriös, edel, stinkt nach Zaster und hat was von Corleone. (Warum fällt mir nur immer wieder Corleone ein? Muss mal mit meinem Therapeuten darüber reden.)

Setz dir einen Hut auf, zumindest bis du auf die Tanzfläche gehst. Männer, die beim Tango einen Hut aufhaben wirken wie aus der Zeit gefallen, fallen auf.

Manche aktuellen Popgrößen kennt man nur mit Hut. Wenn die ihre Kappe ausziehen, erkennst du sie nicht wieder.
Das nenne ich: Ein Image aufbauen, Markenzeichen setzen.

Gel dir die Haare nach hinten, lass sie im Nacken so lange wachsen, dass sich wie von selbst eine Aussentolle entwickelt. Damit kannst du dann auch lässig von deinen Geheimratsecken ablenken, und die Frauen haben auf der Tanzfläche was zum Rumfummeln.

Lass bloß die Finger vom Haarfärben. Das sieht man immer und sieht beschissen aus. Lieber ein grauer Wolf als eine schwarz gefärbte Matratze wie bei manchen in die Jahre gekommenen Schmalzsängern, ehrlich! Hast du die schon mal in letzter Zeit gesehen? Traurig, traurig...

Egal, sei mutig, unerwartet anders und probiere es mal aus mit der Glatze, so ohne Haare. Ist auch für einen selbst ein ganz neues Gefühl und hat Vorteile:

Kein Friseur, keine Haarwäsche, kein stundenlanges Vor-dem-Spiegel-Stehen und nach Geheimratsecken, Platten, grauen Haaren oder versauten Haarschnitten suchen. Spart echt viel Zeit, und du siehst dich selbst mal klare Kante mit deinem Charakterkopf.

Ja, ich weiß, es fällt schwer, diese Manneszier sausen zu lassen. Aber deine Partnerin kommt wesentlich besser zur Geltung, wenn sie neben dir nicht mit deiner Haarpracht konkurrieren muss. Glaub mir!

Ich hab das auch mal probiert und war angenehm überrascht, wie die Damen durchweg positiv darauf reagiert haben.

„Darf ich mal anfassen?" konnten sich einige ganz Neugierige nicht verkneifen, und ihre Augen glänzten. War auch für mich ein geiles Gefühl, wenn da so eine zarte Frauenhand sanft über meinen entblößten Charakterkopf streichelte und die Augen der Maid leuchteten.

„Mach dir einen leichten Kajal-Strich unter die Augenlider, oder als Lidverlängerung in die Augenecken", flüstert mir gerade meine Süße. Wie bei diesen Piratenfilmen, Karibik und so. Das gibt Tiefe, Geheimnis.

Und die Frauen werden dir dauernd in die Augen schauen, und sich fragen:

„Was ist denn auf einmal so anders an dem Typ?"

Das „Anderssein" verunsichert sie oder macht sie einfach neugierig auf den Kerl, der genügend Mut hat, sich so zu zeigen.

Wenn du unbedingt Haare im Gesicht haben willst:
Bitte keinen Vollbart, nein, auf keinen Fall. Es gibt nichts Langweiligeres als Vollbart. Der erinnert mich immer an meinen alten Onkel Helmut, der im Weltkrieg auf dem Schlachtschiff „Admiral Graf-Spee" als Offizier dabei war, als der Kapitän den Kahn vor dem Rio de la Plata versenken ließ.

Also keinen Vollbart. Vielleicht so einen Dreitagebart, der geht auch noch, schmirgelt jedoch beim Tango an der Wange der Auserwählten. Das mag nicht jede. Probiere es einfach aus. Aber so ein schmaler, scharf ausrasierter senkrechter Kinnbart, wie ein Haken, der hat was.

Gestern hab ich mir in der Glotze einen verrückten Krimi reingezogen. Da tauchte ein Pressefuzzi im tollen Outfit auf. Mann, der hatte diese richtige verlebte Hackfresse, dazu das perfekte, leicht schlampige Outfit mit vergammelter Lederjacke, hochstehendem Hemdkragen, lässigem edlen Seidenschal und so. Strahlte eine Aura von Gewaltbereitschaft und Selbstsicherheit aus. Er kriegte zwar kaum das Maul auf sah jedoch sehr glaubhaft aus.

Könnte ich mir als soliden Kumpel vorstellen. Hart, fair, auch Sau, wenn es sein muss. Die Rolle war mit ihm super besetzt, ganz im Gegenteil zu den anderen Figuren, oder die ganze Story, die so voraussehbar war, wie ein Sturmtief über Island.

Besonders der Chef! High-Noon mit dem Chef vor der Polizeiwache! Sonst fällt euch Drehbuchschreibern wohl nichts mehr ein. Aber lassen wir das.

Mit deinem Outfit solltest du auf gar keinen Fall die Erscheinung deiner Begleitung übertrumpfen. Frauen wollen im Mittelpunkt der Aufmerksamkeit stehen, wahrgenommen werden, von der Konkurrenz beneidet werden, von Allen geliebt werden. Sie wollen einzigartig sein. Sie wollen auf gar keinen Fall einen Pfau, der neben ihnen sein Rad schlägt und ihnen damit die Show stiehlt.

„Also, merk dir das!"

Ansprechen

Eines solltest du dir besonders merken:
Eine Frau darfst du „*nie*" von hinten ansprechen oder zum Tanz auffordern! Sie will dich beim Ansprechen sehen, um abschätzen zu können, ob du in ihr Beuteschema passt. Von hinten fühlt sie sich überfallen, und sie hat keine Zeit, sich auf dich einzustellen. Den Fehler hab ich mal in einer notgeilen Situation in so einem Tangoschuppen in Hamburg gemacht.

Ich beobachtete eine hübsche Tanguera auf dem Parkett, wie sie sich glücklich und voller Esprit im Arm ihres Partners austobte. Sie gefiel mir außerordentlich und weckte schlagartig mein Interesse. In der Pause ging sie dann zum Klo. Und, als sie gerade wieder zum Parkett eilte und sich durch die Menge schob, bin ich blind wie ein Huhn hinter ihr hergelaufen, ohne zu checken, ob da noch der Lover von vorhin wartet, und ich habe sie angequatscht, so direkt von hinten.

Au Weia, da gab es eine volle Abfuhr, sehr überzeugend, der eisige Blick und das leichte Kopfschütteln.

„Kommunikation ohne Worte," kann ich dir nur sagen. Ich habe in keinen Schuhkarton mehr gepasst und bin vorsichtshalber im Boden versunken. Der Abend war für mich gelaufen.

Also nochmals: Wenn Ansprechen, dann nie im Gehen oder von hinten, sondern nur mit vorherigem Augenkontakt, entweder von vorne oder so etwas schräg von der Seite, so dass du direkt weitergehen könntest. Und sie will natürlich nicht, dass du sofort wieder die Fliege machst, bevor sie ihr Spielchen mit dir gespielt hat.

Eine Szene ist mir noch in unguter Erinnerung. Ich war gerade achtzehn geworden, hatte meinen ersten Tanzkurs gemeistert und wollte meine Gehversuche auf dem Tanzparkett außerhalb der Tanzschule machen. Mit Herzklopfen betrat ich das >Corso<, eine angesagte Tanzbar am Ring.

An einem Tisch neben der Tanzfläche saßen drei hübsche junge Frauen. Ich fasste allen Mut zusammen, ging mit dickem Kloß im Hals hin und forderte die erste Dame höflich zum Tanz auf. Die sah mich an und schüttelte nur den Kopf.

Unsensibel für die Psyche der Frauen fragte ich dann zunächst ihre Nachbarin, die schaute jedoch einfach weg, so als wenn ich gar nicht existieren würde. Schon ganz verzweifelt bat ich letztendlich auch die Dritte im Bunde um diesen Tanz. Die lachte mich nur aus. Mit hochroter Birne verließ ich das Parkett und das Lokal. Und hinter mir kicherten sich die Damen halb tot.

Hab das unschöne Bild noch heute vor mir. Wie konnte ich bloß so dumm sein? Ist ja ganz klar, was da passiert war. Für die erste Frau war ich vielleicht einfach zu grün hinter den Ohren, und die beiden anderen Damen waren auf mich sauer, weil ich die Erste vorgezogen hatte.

Es war eine harte Lehre, kann ich dir sagen, und dieses Scheitern hat eine tiefe Kerbe in mein Selbstbewusstsein geschlagen. Deshalb hier mein guter Rat: Wenn in einer derartigen Situation die Erste der Frauen „Nein" gesagt hat, mach dich elegant vom Acker.

Ein anderes Mal bin ich, schon leicht abgefüllt, in einer Tango-fete in Düsseldorf aufgeschlagen. Am Nachbartisch saßen zwei junge hübsche Frauen. Eine stach mir besonders ins Auge und weckte meine Lust auf einen heißen Tango. Die beiden unterhielten sich jedoch angeregt und achteten nicht auf das Geschehen um sie herum.

Ich stellte mich vor sie hin und wartete darauf, dass sie ihr Gespräch beendeten, aber da wartete ich vergebens. Sie schauten mich nur kurz an, als ich da so vor ihnen stand und redeten einfach weiter. Mir schwoll langsam der Kamm:

„Sagt mal, seid ihr hier nur zum Quasseln oder zum Tanzen hergekommen?" Platzte es aus mir heraus. Erstaunt schauten sie mich an. Ungeduldig reichte ich der Auserwählten auffordernd meine Hand: „Ich möchte jetzt mit dir tanzen!"

Unwillig erhob sie sich und folgte mir auf die Tanzfläche.

Ich kann euch sagen, dieser Tanz war eine totale Katastrophe. Die Frau war so steif wie ein Brett und ließ mich nach dem ersten Tango wortlos auf dem Parkett stehen. Für diese Frau war ich gestorben, verbrannte Erde.

Ja, Scheitern will gelernt sein.

Was ist die Lehre aus so einem Erlebnis? Ganz klar:

Lass die Damen quatschen, wenn sie Lust darauf haben und erzwinge keinen Tanz. Das geht hundert Prozent ins Auge.

Frauen wollen zwar keinen Bravling, denn den haben sie oft schon zu Hause. Aber sie wünschen sich einen interessanten gefühlvollen Partner, der auf sie eingeht und Rücksicht nimmt.

Das ist beim Tango genau so. Wenn du auf ein Abenteuer aus bist, sei frech, witzig, ein bisschen ungezogen, launisch, lieb, verschmust, nicht berechenbar, sei du selbst.

Verlasse dich auf deine Intuition, die sagt dir schon, wo´s lang geht.

„Und da, wo das Herz am meisten klopft und die Angst vor dem Scheitern lauert, da geht´s lang," meint mein Coach.

Was hast du schon zu verlieren, außer dass dir „der Himmel auf den Kopf fällt".

Kommen wir nun zurück zum Thema Ansprechen:

„Woher kommst du?" oder „Was machst du so?"

Das sind so die typischen Allerweltsfragen, welche die Frauen als erstes zu hören bekommen.

Mal ehrlich: findest du das interessant? Ich meine, die Damen haben Besseres und Fantasievolles verdient.

Jede Frau will für einen Mann etwas Besonderes sein, und ein Spruch von der Stange bewirkt genau das Gegenteil, lässt ihre Füße einschlafen und ihr Interesse zum Nachbartisch mit dem braungebrannten Typen abschweifen.

Überleg dir im stillen Kämmerlein mal ein paar richtig gute Ansprechsprüche, oder zieh sie dir aus dem Netz.

Übrigens, die blumigen Lobpreisungen der weiblichen Schönheit im >Hohelied Salomon< aus der *Bibel* sind ein wahrer Schatz. Kann ich nur wärmstens empfehlen. Gehört zur AB (Allgemeinbildung).

Hier ein kleines Beispiel (aus meiner Feder):

„Deine Augen schimmern so grün wie ein klarer Bergsee an einem schönen Sonnentag und lassen mein Herz vor Freude singen."

Schöner Schmalz, denkst du sicher, aber es kommt an.

Auf jeden Fall ist es lustig, und bringt die Frau zum Lachen. Und Lachen ist, wie du weißt, der Mega-Door-Opener.

Und vor allen Dingen: Überleg nicht rum, was die Tanguera wohl über dich denken könnte. Erstens liegst du dabei meistens sowieso total quer und zweitens blockiert dein ängstliches Nachdenken deine Spontaneität und deinen Witz.

Ich habe mal in einer Kneipe zufällig neben einem Frauen-Stammtisch gesessen und die Ohren gespitzt. Ich kann dir sagen, da haben mir die Ohren geklingelt.

Wörter wie „Vögeln" oder „dieses geile Arschl..." waren keine Besonderheiten.

Also mein Freund, denke nur ja nicht, die Frauen wären alle Engel. Den Fehler habe ich früher oft gemacht und war dann total enttäuscht, wenn die Dame ihre Krallen ausgefahren hat, und ihre dunklen menschlichen Seiten zum Vorschein kamen.

auf dem Parkett

Tango erlernen

Den Tango Argentino lernt man am besten bei Lehrern, welche die Essenz des Tangos kennen, und die sich dem Tango mit Haut und Haaren verschrieben haben.

Das können natürlich solche Lehrer besonders gut, die ihre Tango-Erfahrungen auch in den Geburtsstädten des Tangos, wie Buenos Aires, gemacht haben. Um wirklich Profi zu werden und den Tango leben zu können, reichen für einen Tangolehrer also ein paar Kurse oder Workshops nicht aus.

In meiner Anfangszeit bin ich durch verschiedene Tangoschulen gezogen. In der ersten Tangoschule haben wir bis zum Erbrechen Grundschritte und Technik geübt. Das war sicher ein richtiger Einstieg in den Tango, es fehlte mir jedoch die Leidenschaft.

Nur die Schrittfolgen zu lernen war mir viel zu wenig, viel zu sehr technisch verkopft. War nicht so mein Ding, in einer Kolonne Verlorener im Kreis zu gehen und stur gleiche Schritte zu wiederholen. Außerdem konfrontierte uns unsere Tango-Queen jeden Kursabend mit mindestens fünf neuen Tangoschritten und war dabei die meiste Zeit mit ihrem jugendlichen Lover beschäftigt. Ich war froh, wenn ich bis zum nächsten Kursabend wenigstens einen Schritt behalten konnte.

Also wechselte ich zu George, diesem Tier. Er bot das genaue Gegenteil zur Technik. Hier haben wir alles gelernt, bloß keinen „anständigen" Tango mit exakten Schrittfolgen.

George schaffte Fantasieräume, ließ uns in Improvisationen eintauchen und das Feeling der ursprünglichen Tangueros mit all ihrer Leidenschaft, Eifersucht, Sehnsucht und ihrem Wunsch nach Selbstdarstellung spüren.

Wir Männer haben auf dem Parkett, immer im Rhythmus des Tangos, Schrittfolgen improvisiert und mit imaginären Messern um unsere Auserwählten gekämpft.

Wir haben die Mädels durch heiße Blicke, gewagte Posen, gänzliches Loslassen und „auf die nächste Berührung lauern" betört und sie dann durch ein entschiedenes „ich-will-dich-hier-und-jetzt" zum Wahnsinn gebracht.

Wir haben den Tango auf Distanz kennen und lieben gelernt. Abstand von Auge zu Auge circa ein Meter. Keinen Kontakt. Bewegungen wurden gespiegelt, verzerrt, kopiert, dann folgte Flucht, Jagd, und endlich zarte Berührung, Verschmelzung, Hingabe.

Nach so einem Tangoabend waren wir fix und fertig. Alles war nonverbal gesagt.

Wenn du also einen Lehrer erwischst, für den nur das Formale, das technische Üben von Figuren, im Vordergrund steht, und der nicht weiter mit dir in die Essenz des Tangos einsteigt, ist es Zeit, zu wechseln. Schrittfolgen sind wichtig, so wie beim Klavierspielen der Fingersatz wichtig ist. Für sich alleine gesehen ist die Beherrschung der Technik und möglichst vieler Schrittfolgen kein argentinischer Tango.

Genauso wenig entsteht in der Musik durch das mechanische Abspielen der Noten ein Kunstwerk. Und Tango ist individuelle Kunst, Ausdruck deines ganz persönlichen Verständnisses von Bewegung und Musik im Paar-Dialog.

Ein guter Lehrer beschränkt sich nicht auf die Vermittlung von rein technischen Bewegungsmustern, sondern fordert dich in deinem Begreifen der Musik heraus, hilft dir, zu verstehen, was die unterschiedlichen Ausdrucksformen der Tangomusik bedeuten, vermittelt dir Hilfen, wie du in allen Situationen deine Achse hältst und deine Partnerin klar und entschieden führen kannst.

Er macht dir Mut, deine eigene Dynamik, deine Tango-Sprache zu entwickeln. Er fordert dich auf, deinen Körper zu üben, um immer mit deiner vollen Präsenz auftreten zu können. Er stachelt dich an, deinen Paar-Dialog immer weiter zu verbessern.

Im Tango begibst du dich auf eine kontinuierliche Suche nach dir selbst, und diese Suche findet nie ein Ende.

Der Führende und die Folgende sind dabei gleichwertig, wobei der Führende auf Grundlage der Musik klare und entschiedene Impulse gibt, und die Folgende diese einfühlsam aufnimmt und mit gestaltet.

Die Folgende weiß oft nicht, was der Führende als nächsten Schritt anbietet. Deshalb muss sie aufmerksam auf seine Führung achten. Sie kann sich nicht gemütlich zurücklehnen nach dem Motto: „Jetzt trag mich halt e bissle."

Der Tango ist ein Dialog, eine besondere Form der Kommunikation mit Körper und Beinen auf Basis der Musik.
Also: Mach dich auf die Suche nach dem Tangolehrer, der dich mitreißt und deine Emotionen zum Klingen bringt

Auftritt in der Milonga

Der erste Eindruck, den du beim Ankommen in der Milonga vermittelst, ist entscheidend für alles Weitere.
Da kannst du viel falsch machen, wie zum Beispiel mit:
- Reinschleichen, um ja nicht zu „stören."
- Ohne Gruß direkt in die Garderobe verschwinden.

Wenn du so ankommst wirst du auch weiterhin nicht wahrgenommen und bleibst der graue Mäuserich.

Meine persönliche Empfehlung heißt:

Auftritt wie auf der Bühne:

Beim Ankommen wartest du bis zur Tanzpause, so dass alle rumstehen, also der Vorhang aufgeht und das Publikum erwartungsvoll schaut. Dann kannst du möglichst noch mit Hut, offenem Mantel und wehendem Schal freudig erregt reinstürmen, erst den DJ herzlich begrüßen und mit ihm ein paar Worte wechseln.

Danach zu den Damen, jede einzelne mit Name begrüßen. Kleines angedeutetes Küsschen rechts und links.

Also! Das mit den Namen musst du unbedingt lernen.

„Eh, jetzt hab ich grad deinen Namen nicht im Speicher, und wie heißt du jetzt noch mal?" Peinlich. Oberpeinlich. Dieses Manko haben leider viele Jungs.

Die Frau ist von dir enttäuscht und wird es auch bleiben. Sie ist sauer, weil du dich noch nicht mal an ihren Namen erinnern kannst und scheinbar kein Interesse an ihr hast. Puhh.

Ganz anders sieht es aus, wenn du auch nach längerer Zeit eine Frau mit ihrem Namen ansprechen kannst. Das ehrt sie und macht sie glücklich, und ihre Augen strahlen dich an.

(Wenn ich eine neue Frau kennengelernt habe, mache ich mir zuhause ein paar Notizen und schreib ihren Namen auf)

Anschließend geht Mann zu den anderen Jungs, fester freundlicher Blick, Shakehands mit den Bekannten, ein freundliches „Hallo," evtl. auch eine kurze Berührung Wange an Wange, kurzes Nicken zu Fremden, oder auch Shakehands, und danach erst zur Umkleide.

Das ist der Auftritt des *Platzhirschs*, und alle wissen, dass du angekommen bist, und dass sie mit dir rechnen müssen.

Wenn du fremd in der Szene bist, gehe trotzdem mit dem beschriebenen Schwung kurz zum DJ, begrüße ihn und sag deinen Vornamen. Den Tangueros und Tangueras nickst du kurz zu. Dabei kannst du schon mal einer Hübschen zublinzeln und dich zunächst an die Bar stellen.

Und schon gehörst du dazu! Musikalisches Halbwissen über Tango und Veranstaltungen ist nicht hinderlich und lässt vermuten, dass du ein Tanguero bist. Ab jetzt kannst du deine ersten Runden drehen und zeigen, was du drauf hast. Alle können dich beobachten und bewerten, wie gut du bist. Und ob du eventuell für eine Tanda in die engere Wahl kommst.

Für die Frauen sieht die Welt schon nicht so rosig aus. Für sie ist es strategisch sehr wichtig, zu Beginn keine Fehler zu machen.

Du bist in der Milonga angekommen und freust dich einfach, da zu sein, stehst an der Bar oder setzt dich nahe der Tanzfläche, und zwar nicht in die letzte Ecke sondern da, wo die meisten Leute vorbei kommen. Sonst sieht dich ja keiner, und du bekommst auch nicht das Wichtige mit. Hier schlägst du deine hübschen Beine übereinander. Du machst es dir bequem, lehnst dich entspannt zurück, trinkst etwas und beobachtest das Geschehen auf der Tanzfläche.

Vielleicht kannst du ja auch deine Nachbarin in ein kleines Gespräch verwickeln, jedoch nicht zu lange, sonst meinen die Jungs, dass du zum Quatschen und nicht zum Tanzen gekommen bist. Mache auf keinen Fall den Eindruck, auf jemanden zu warten oder jemanden zu suchen.

Derweil beobachten dich die anderen Damen heimlich oder direkt als neue Konkurrentin im Spiel der Eitelkeiten, scannen dich, ob an deinem Äußeren etwas auszusetzen ist, ob du ihnen gefährlich werden könntest oder besser aussiehst.

Es kommt nur selten vor, dass dich eine Andere anspricht. Frau ist eher reserviert. Was will die Neue? Wie gut ist sie? Sie suchen nach Macken und Fehlern, um sich sagen zu können, dass sie selbst „besser" sind. Sie tuscheln über dich, tauschen sich Gemeinheiten über dich aus.

Tja, meine Damen, that's live.

Der Argentinische Tango ist kein Ponyhof, sondern ein Ritt auf der Rasierklinge. Nirgendwo sonst stehst du so auf der Bühne im Blickpunkt der Beobachtung, der Kritik, des Neids und der Bewertung. Du kannst noch so lieb und schön sein, sie werden sich das Maul zerreißen, ja besonders dann.

Was kannst du da tun? Große Frage.

Zunächst ist es wichtig, bald auf die Tanzfläche zu kommen. Dazu hast du dich ja schon vorsorglich mit einem Freund verabredet. Wenn du ganz alleine bist, hilft es auch, mit dem netten Typ von vorhin auf dem Parkplatz oder auf der Treppe ein paar Worte zu wechseln, ihn eventuell um Hilfe zu bitten (dem können Tangueros sowieso nicht widerstehen) und ihn dir für die erste Runde zu reservieren. Mit dem kannst du dich schon mal zeigen.

Bei den ersten Tänzen beschränke dich lieber auf Hausmannskost, aber die dann mit Grandezza, damit du die rumstehenden Kerle nicht unnötig verschreckst. Sei verspielt, mädchenhaft, folgsam, kokett, sinnlich, also spiel deine Frauen-Karte voll aus. Tanze mit geschlossenen Augen. Denn die Kerle suchen eine Braut, die sich hingeben kann, mit der sie eventuell ein kleines Abenteuer erleben könnten.

Und dann halten sie sich fast alle für die Größten und wollen möglichst eine Tänzerin mit gleichem oder niedrigerem Level, sonst kommen die Jungs schon in eine Identitätskrise und müssten feststellen, dass sie doch nicht so ein Oberklassen-Tanguero sind. Eine gute Tänzerin würde ihre Schwachstellen schnell merken, jedoch sicher nicht zeigen.

Lasst es euch von einem alten Tanguero gesagt sein: Nehmt euch zurück, kritisiert eure Tänzer nicht, gebt ihnen das Gefühl, gut zu führen, auch wenn es da mal hakt. Vielleicht hat dein Tänzer ja noch ganz andere Qualitäten, die Frau entdecken könnte. Und auch Männer können sich weiter entwickeln!
Wenn ihr später dann doch an den Richtigen kommt, könnt ihr immer noch euer ganzes Potential entfalten.

Wie gesagt, verbreite ich hier nur meine eigenen Ansichten...

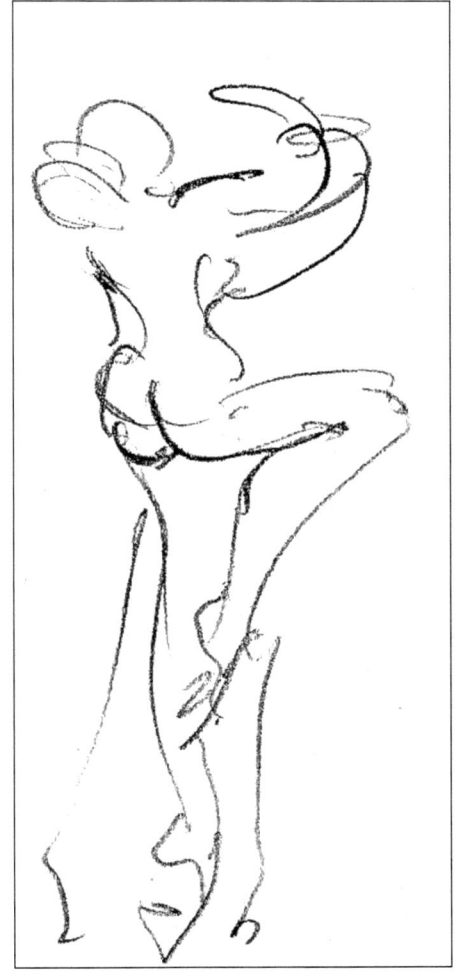

Sehnsucht

Erwartungen

Vor kurzem bin ich mal wieder voller Erwartung zur Milonga gegangen und habe gehofft, dass ich diesen heißen Tango mit der tollen Frau von letzter Woche wiederholen könnte. Das gab einen fetten Reinfall.

Ich saß da, gespannt wie eine Feder und habe heimlich mit gierigen Blicken den Damen nachgeschaut. Aber keine Frau hat mich wahrgenommen oder eines Blickes gewürdigt.
Dann kam sie, meine temperamentvolle Tänzerin aus der letzten Milonga, in Begleitung eines gut aussehenden Mannes.
Ich schaute sie schon erwartungsvoll an und erhob mich, um auf sie zuzugehen und sie zu begrüßen, aber sie schaute über mich hinweg, so als ob sie mich nicht kennen würde und verschwand mit ihrem Galan in der Menge.

Voller Selbstzweifel bin ich zum Spiegel, um zu checken, ob mein Outfit in Ordnung ist und habe an meinen Haaren rumgezupft. Daran lag es nicht. Es lag an meinem hungrigen Blick, der scheinbar eine Art Bedürftigkeit auszustrahlen schien.

Meine Stimmung war im Eimer, und das haben dann auch alle anderen gemerkt. Mit einer Spaßbremse wollte keiner was zu tun haben.

Wenn du zum Tango gehst solltest du deine Erwartungen lieber nicht so konkret werden lassen. Das kann nur in die Hose gehen.

Als Mann kommst du an, alle sind mit sich oder ihrem Nachbar beschäftigt, oder sie tun so. Keiner beachtet dich. So ein Mist.

Du stellst dich lässig an die Bar, fragst deinen Nachbarn, wie das Spiel Borussia gegen Köln ausgegangen ist.

(Auch wenn du kein Fußballfan bist, solltest du dich vorher schon mal schlau machen. Fußball und natürlich Tango als Aufmacher-Thema gehen bei Männern immer)

Du beobachtest die Tangueras auf dem Parkett, wie sie sich bewegen, ob sie stur ihren eigenen Schritt zelebrieren oder sich gut führen lassen, ob sie anschmiegsam sind oder mehr auf Distanz gehen. Und ob sie fantasievoll tanzen können und nicht teilnahmslos an dem Führenden dranhängen.

Du schaust nach festen Paaren, die immer nur ihre eigenen Kreise drehen, nicht wechseln und damit nicht für dich infrage kommen. (Bei mir weckt gerade das mein Interesse)

Während der Cortina suchst du den Blickkontakt zu einer Frau, die dir sympathisch ist, und von der du glaubst, dass sie deinem Level entspricht. Die Damen sind ja sowieso oft in der Überzahl da.

Vielleicht gelingt es dir sogar schon vorher, den interessierten Blick einer hübschen Tänzerin auf der Tanzfläche aufzufangen. Lasse dir Zeit und genieße die Stimmung, die Musik.

Ich mache mir dabei keine so großen Gedanken mehr über den Level, den eine Frau hat. Für eine erste Tanda reicht es mir schon, wenn sie mir sympathisch ist, selbst wenn sie Anfängerin ist.

Was gibt es Schöneres, als eine tolle Frau im Arm zu halten. Ich brauche hier nichts zu beweisen, weil ich weiß, dass ich auf meine Art gut bin. Das muss ich nicht jedem direkt zeigen.

Mit einer Anfängerin tanze ich nur einige leichte Schritte und Schrittfolgen, die sie schon beherrscht, vielleicht nur Gehen oder Stehen, eine kleine vorsichtige Drehung, alles okay, bevor ich sie an gewagtere Figuren heranführe. Als Tanguero spüre ich schnell, ob diese Frau Potential hat.

Ich zeige ihr jedoch nie, dass ich es besser kann, und ich werde sie niemals korrigieren. Eine Frau will keinen Tanzunterricht auf dem Parkett, sondern sie will einfach Spaß haben. Wichtig ist, dafür zu sorgen, dass sie sich bei dir sicher und wohl fühlt.

Wenn du schon fortgeschritten tanzt, fällt es dir leicht, kleine Fehler deiner Partnerin geräuschlos auszugleichen, eventuell einen eigenen Schritt daraus zu machen. Dann kann sie ihre anfängliche Verspannung loslassen und sich der Musik und deiner Führung hingeben. Und wenn sie merkt, dass du ein Könner bist, fühlt sie sich geadelt, und du hast sie für viele schöne aufregende Tänze gewonnen, bei welchen sie sich dann auch weiter entwickeln kann.

Wenn du später an eine echte Tanguera kommst, kannst du immer noch zeigen, was du drauf hast. Da hast du deinen wirklichen Auftritt, und alle können dich beobachten und bewundern, wie gut du bist!

Als Frau hast du es nicht so einfach. Es sei denn, du gehörst zu den Wagemutigen und forderst deinen Partner selbst auf.

Ich persönlich fühle mich da fast immer geschmeichelt, wenn eine Frau mir zu verstehen gibt, mit mir tanzen zu wollen und mich auffordert. Das geht wie Öl runter und macht richtig Laune.

Wenn du als Frau lieber auf den Traum-Tanguero wartest und aufgefordert werden möchtest, ist sowohl deine innere als auch die äußere Haltung wichtig.

Lässt du die Schultern und den Kopf hängen, will dich keiner sehen. Also mache dir bloß keine Gedanken über die verfluchte Steuererklärung oder über eine verflossene Liebe, oder darüber, was heute Abend vielleicht schief gehen könnte.

Auch so Gedanken, wie „Heute fordert mich bestimmt wieder niemand auf" sind pures Gift, kann ich nur sagen, das färbt auf deinen Ausdruck ab.

Alle hier haben ihre Leichen im Keller, und niemand will durch einen Trauerkloß daran erinnert werden.

Auch wenn dein Blick wie ein Suchscheinwerfer hin und her durch den Raum huscht, machst du den Eindruck, bedürftig zu sein. Das kommt nicht so gut an.

Was zählt und gut ankommt ist deine innere Fröhlichkeit, deine Gelassenheit. Also: Brust raus! Denk an was Schönes, an diesen heißen Blick von dem tollen Typ vorgestern im Café oder an den hübschen Tankwart mit dem knackigen Arsch.

Deine Gedanken und Gefühle sind wichtig. Die strahlst du aus.

Das Zauberwort heißt: >Erwartung<

Mach es wie ich:

Gehe zur Milonga, um dir ein paar schöne Stunden bei guter Musik zu machen und erwarte... nichts, nur gute Musik und nette Menschen. Deine zu konkrete Erwartung an einen perfekten Abend kann dich und deine Ausstrahlung total lähmen, und das spüren die anderen: Nimm deshalb deine Erwartungen zurück, lebe und genieße den Augenblick, lass dich auf die Musik ein. Träume deine Fantasien. Schau einfach nur zu.

Es ist doch ein großes Geschenk, bei so einer Milonga dabei sein zu können, der Musik zu lauschen, die Paare tanzen zu sehen. Sei dafür dankbar. Wenn dir Blicke begegnen, lächle freundlich, ohne Erwartung. Und dann passiert es, das Wunder.

Unverhofft, ohne Vorankündigung.

Selbst wenn dein erster Tänzer ein Anfänger ist, der noch nicht die Klaviatur der tausend Schritte beherrscht. Korrigiere ihn nicht, sondern gebe im das Gefühl, alles richtig zu machen, damit er sich entspannen kann.

Dann wird er auch sicherer, und dir macht es mehr Spaß. Lass geschehen, was kommt, ohne immer darauf zu schauen, wie es bei anderen ankommt. Die zu großen Erwartungen sind der Killer für deine gute Laune.

Und den Richtigen sollte Frau sich sowieso für später aufheben. Denn der letzte Eindruck, den du an diesem Abend in der Milonga hinterlässt, ist entscheidend. Mit dem bleibst du in Erinnerung. Und diese Erinnerung ist bei der nächsten Milonga deine Eintrittskarte für viele schöne Tänze.

Tangostraßen

Auffordern (Cabeceo)

Bei den Tango-Veranstaltungen geht man nicht einfach so durch den Raum, sucht sich eine Hübsche aus, stiefelt schnurstracks zu der Auserwählten, stellt sich vor sie hin und fordert sie auf. Das kann ziemlich ins Auge gehen.

Wenn sie dann „Nein" sagt, stehst du da, wie ein begossener Pudel und musst dir einen halbwegs akzeptablen Abgang basteln. Schwierig, schwierig!

Bevor die Damen vor dem Tanz ihr Einverständnis geben, wollen sie per Blickkontakt (*Mirada*) gefragt werden.

Das geht nur, wenn du nah genug in ihrem Blickfeld stehst. Ich erlebe es immer wieder, dass ich in einem großen dämmrigen Raum die Augen der Frauen an der gegenüberliegenden Seite gar nicht richtig erkennen kann. Da nützt es nichts, wenn ich die Tänzerin meiner Wahl angestrengt anstarre. Sie kann meine Blicke ebenso wenig erkennen wie ich ihre.

Wenn ich eine Frau auf dem Kieker habe, gehe ich während der Pausenmusik (Cortina) erst in ihre Nähe, bis ich ihre Augen deutlich sehen kann. Da ist dann auch eine nonverbale Kommunikation per Blickkontakt möglich.

Es gilt: Erst kommt der Blick-Kontakt zur Auserwählten, und den kannst und solltest du nicht erzwingen.

Wenn eine Frau kein Interesse hat, wirst du schon merken, dass sie dir mit ihren Blicken aus dem Weg geht. Und da hat es wenig Sinn, einen Blick oder mehr zu erzwingen. Take it easy.

Nimm das nicht persönlich. So was schmerzt und kratzt auch an meinem Selbstvertrauen, aber es kommt vor. Wenn du dieses Blicke-Spiel beherzigst, läufst du nicht Gefahr, abgewiesen zu werden.

Kein Blickkontakt = kein Tanz

Haben sich eure Augen richtig gefunden (also nicht nur so ein flüchtiger Blick), zeigt der Mann seinen Wunsch nach einem Tanz durch Kopfnicken *(Cabeceo)* und wartet auf die Bestätigung der Frau. Sie nickt dezent zurück, lächelt dich an oder zwinkert mit den Augen, und alles ist klar. Dein Herz macht einen kleinen Salto, weil die Schöne dich erhört hat. Wie das bei den Damen ist, weiß ich nicht, ich denke, denen geht es genau so.

Wenn alles klar ist geht der Mann mit entschiedenen Schritten auf die Frau zu. Oder beide stehen auf und gehen aufeinander zu. Das Ganze passiert natürlich innerhalb von Sekunden, und deshalb heißt es achtsam und hellwach zu sein. Schlafmützen und Unentschlossene haben bekanntlich auch hier das Nachsehen.

Leider wird dieser schöne und wichtige Brauch in Deutschland viel zu wenig gepflegt. Besonders dann sind Missverständnisse vorprogrammiert, wenn du deinen Blick nicht deutlich auf deine Wunschpartnerin fokussierst, sondern so eine Art Breitbandblick drauf hast. Dann kann es passieren, dass sich gleich zwei oder mehrere sehnsuchtsvoll wartende Frauen angesprochen fühlen und aufstehen. Um aus diesem Dilemma ohne Gesichtsverlust elegant rauzukommen, ist deine spontane Improvisationsfähigkeit gefragt.

Umgekehrt ist es auch möglich, dass die Frau zwar in deine Richtung schaut, jedoch nicht erkennen lässt, ob du oder dein Nachbar gemeint ist. Wenn der hitzige Nebenbuhler schon mit den Hufen scharrt und sofort aufspringt, bleib cool und spring nicht auch noch hinterher. Bei zwei gleichzeitigen Verehrern bedeutet das für die Frau, dass sie sich entscheiden und einem der Kavaliere einen Korb geben muss. Welche Frau will sich schon gerne zu solchen Entscheidungen zwingen lassen. Der Abgewiesene könnte dann sauer sein und vielleicht später nicht mehr mit ihr tanzen wollen.

Deshalb bringe ich die Frau erst gar nicht in die Verlegenheit, sich entscheiden zu müssen und bleibe sitzen, oder ich suche mir später eine bessere Ausgangsposition näher an ihr, aus welcher der Blickkontakt eindeutig möglich ist.

Hingabe

Die Umarmung *(el abrazo)*

Für mich ist die erste Berührung, die erste Umarmung einer Tanzpartnerin der wichtigste Teil des Tangos. Da wird meist schon alles gesagt.

Ich habe diese schöne Frau aufgefordert, und sie hat mich erhört. Wir gehen beide zusammen auf die Tanzfläche, und nun steht sie erwartungsvoll vor mir. Jetzt ein bisschen Small-Talk vor dem Tanz ist immer gut und lässt einen nicht als hirnlosen Affen dastehen.

„Wie gefällt es dir hier? Bist du schon mal hier gewesen?" oder so ähnlich. Das ist die Minimal-Version.

Sicher fällt dir auch etwas Fantasievolleres ein ....

Dann nenne ich kurz meinen Namen:

„Ich heiße Carlos und wie darf ich dich nennen?"

Ein „Ich freue mich, mit dir zu tanzen" zeigt der Frau, dass Mann Interesse an ihr hat. Kommt immer gut an.

Noch besser:

„Ich freue mich, dass ich endlich mit dir tanzen kann. Ich habe schon den ganzen Abend auf diesen Moment gewartet."

Da schmilzt die Schöne hin. Glaub einem alten Hasen.

Manchmal ist es auch besser, einander nur in die Augen zu schauen (und nicht zur sexy Nachbarin). Da passiert oft eine besondere Magie mit euch beiden, quasi wie ein Blick in die Seele.

Sei mutig und schau nicht weg. Oder lächle wirklich aus dem Herzen und nicht, weil dir der „Augenblick" peinlich ist.

Und manchmal lodert schon der erste Funke einer beginnenden Leidenschaft auf, der den Tango befeuert.

Damit ist das erste sprachlose Eis schon mal gebrochen. Du weißt, wie ihre Stimme klingt und ob sie dir sympathisch ist, vielleicht erahnst du auch schon aufgrund ihres Dialektes, aus welcher Region Deutschlands sie kommt.

„Du kommst sicher aus Köln? So was? Ich bin in Köln geboren." Oder so. Kann auch Hamburg, Berlin oder Wagersrott sein, egal. Das schafft ein erstes Gefühl von Verbundenheit.

Du wartest, bis die Musik beginnt und schraubst nicht schon vorher an der Frau herum.

Mit einer freundlichen Geste bietest du der Dame deine linke Hand an. Üblicherweise legt die Frau dann ihre rechte Hand in deine. Das kann wie eine Feder sein, oder wie ein Schraubstock, oder einfach nur schweres Ablegen eines Mühlsteins, der deinen Arm nach unten zieht, oder es ist ein sanfter Griff mit Präsenz, der dir signalisiert:

„Hui, das ist eine echte Tanguera. Die will alles von mir bis zur Neige auskosten. Da muss ich mich ganz geben. Ab hier gibt es kein Zurück!"

Ihr neigt die Oberkörper zueinander, bis ihr euch berührt. Dabei greifst du vorsichtig und einfühlsam um den Rücken der Partnerin und nimmst sie in deinen sicheren Arm, zärtlich, voller Präsenz.

Glaub mir: Die Frau spürt genau, ob du gelangweilt, oder mechanisch ohne Empathie um sie rum greifst, weil es ja gleich losgeht. Oder ob du sie ganz wahrnehmen und ihr das sichere Gefühl deiner Kraft und Präsenz signalisieren willst, um ihr zu zeigen, dass sie sich dir vertrauensvoll ausliefern kann, und dass du in jeder Situation Herr der Lage bleibst und sie sicher führst.

Achte dabei darauf, dass du nicht zu weit um ihren Rücken bis zum Ansatz ihres Busens greifst. Das haben die wenigsten Frauen gerne. Die Hand in tiefere Gefilde abrutschen zu lassen ist ein absoluter Fauxpas. Deswegen hat mir mal eine Tänzerin eine gescheuert und mich stehen gelassen. (Daran erinnere ich mich immer wieder, weil ich diese Szene später bei einem Bühnentango erfolgreich einbringen konnte)

Wie fühlt er oder sie sich an? Vorsichtig? Oder direkt auf engen Kontakt aus? Oder neutral abwartend? Oder Distanz haltend? Ist deine Partnerin starr auf ihre Schritte fixiert, um nur ja keinen Fehler zu machen oder weich, biegsam, die Achse suchend?

Dieser erste Eindruck hilft dir, deine Führung auf deine Partnerin abzustimmen.

In dem Moment, wenn ihr in die Umarmung geht, schließt sich ein besonderer Energiekreis, der euch einhüllt und eure Achtsamkeit und Präsenz befeuert, der dich zutiefst berühren kann, nicht muss. Sobald ihr die Umarmung löst endet auch diese energetische Verbindung und der Tango ist vorbei.

Die Umarmung kann ganz unterschiedliche Formen haben und sehr deutlich eure Gefühle zum Ausdruck bringen.

Sie kann *schlaff und energielos* sein, wenn ihr euch nichts zu sagen habt. (Kommt auch mal vor)

Sie kann *sanft und liebevoll* sein, wenn dein Herz beginnt zu singen.

Sie kann *bestimmend* sein, wenn du unsicher bist und Angst hast, dass deine Partnerin das merkt.

Sie kann *beschützend* sein, wenn dich deine Partnerin nonverbal um deinen Schutz bittet.

Sie kann *zärtlich und verliebt* sein, wenn es zwischen euch geknallt hat.

Während des Tanzes ist eure Umarmung kontinuierlich aber nicht konstant, sie ist lebendig. Sie kann jederzeit ihre Form und damit den Energielevel wechseln, und sie ist authentisch. Ich will damit sagen, dass du dich und deine Gefühle nicht verstecken kannst. Deine Partnerin merkt immer, was mit dir los ist.

In der Umarmung entwaffnen wir uns gegenüber unserem Partner, und wir sind, wie wir sind. Und wenn du als Mann den Mut hast, auch deine Gefühle von Weichheit und Abhängigkeit zuzulassen, muss deine Partnerin stark sein, dann ist ihre Begleitung wahrhaftig und eure Umarmung wird ehrlich.

Bitte, drücke die Frau nie zu fest an dich, sondern steigere langsam den Kontakt, bis du spürst, dass es für sie in Ordnung ist.

Besser ist es, deine Partnerin zu Beginn eher lose aber schon mit deutlichem Körperkontakt in den Arm zu nehmen. Denn zum Führen brauchst du den Körperkontakt. Später kannst du dann langsam, ich betone langsam, und gefühlvoll die Umarmung enger ziehen, so weit es für die Frau angenehm ist.

Es gibt allerding auch Frauen, die möchten direkt ohne Umschweife zur Sache kommen und fest in den Arm genommen werden, meistens dann, wenn sie dich und deine Tangoqualitäten schon kennen und lieben gelernt haben, oder wenn sie scharf auf dich sind.

Find ich auch gut.

Gehen

Körperhaltung

Die Körperhaltung beim argentinischen Tango unterscheidet sich sehr von der Haltung bei Standard-Tänzen. Ich habe lange Jahre als Turniertänzer die Standard-Tänze, wie *Langsamer Walzer, Quickstepp, Wiener Walzer, Slowfox und Europäischen Tango* zelebriert und mir dementsprechend eine Haltung mit durchgedrücktem Kreuz und schulterhoch gesetzten Ellenbogen antrainiert.

Der Kopf wurde von beiden Tanzpartnern mit erhobenem Kinn nach links oben, also voneinander weg, gewendet (Methode Mundgeruch) und die Lachspange eingesetzt.

Dazu wurden jeweils feste Schrittfolgen für die kurze Parkettseite und für die lange Seite eingeübt.

(Zum Beispiel der Wiegeschritt beim *Europäischen Tango*:

„vor, vor, Wie-ge-schritt, rück, seit, schließen")

So schwebte man dann mit weit ausholenden Schritten und schulterhoch ausgefahrenen Ellenbogen über das Parkett.

Wehe, wenn man da mal aus dem Takt kam. Jede Schrittfolge musste komplett durchlaufen werden, bevor man wieder in einen sicheren Stand kam.

In der ersten argentinischen Tango-Stunde sah mir die Tango-Queen eine Weile bei meinen Schritten zu, kam dann zu mir und rammte mir ihre Faust in den Bauch (ich spüre es noch heute), so dass ich einklappte, dazu bog sie meine Ellenbogen nach unten und knurrte mit ihrer tiefen, verrauchten Stimme:

„So wird *argentinischer Tango* getanzt, und spreiz dich hier nicht wie ein Gockel!"

„Aha, das ist also *argentinischer Tango*" stöhnte ich und versuchte, die absolut neue Körperhaltung einzunehmen.

Die Umgewöhnung war gar nicht einfach, zumal ich noch von der „einfühlsamen" Art des Unterrichtes geschockt war. Ich verfiel immer wieder in diese verdammte Turnierhaltung. Kurze Boxhiebe meiner Tangolehrerin erinnerten mich mitunter schmerzhaft an die neue Art der Körperhaltung. Jetzt habe ich es drauf und kann gar nicht mehr anders. Und nur in absoluten Notsituationen fahre ich meine Ellbogen quasi zur Selbstverteidigung aus.

Im Gegensatz zum *Europäischen-Tango* lernt man beim *Tango Arzentino* in jedem Augenblick sicher in sich, in der eigenen Achse zu stehen, um eine Schrittfolge zu jedem Zeitpunkt unterbrechen zu können. Es gibt keine durchlaufenden festgelegten Figuren. Es werden jedoch einzelne kurze Schrittkombinationen geübt, die beliebig miteinander kombiniert und jederzeit mittendrin geändert werden können.

Der Tänzer kann also im Rahmen der Schritte, die er so drauf hat, improvisieren, natürlich immer mit Blick und Achtsamkeit auf die Achse und das Können seiner Partnerin. Deshalb kann er jederzeit stoppen und z.B. einem anderen Paar ausweichen.

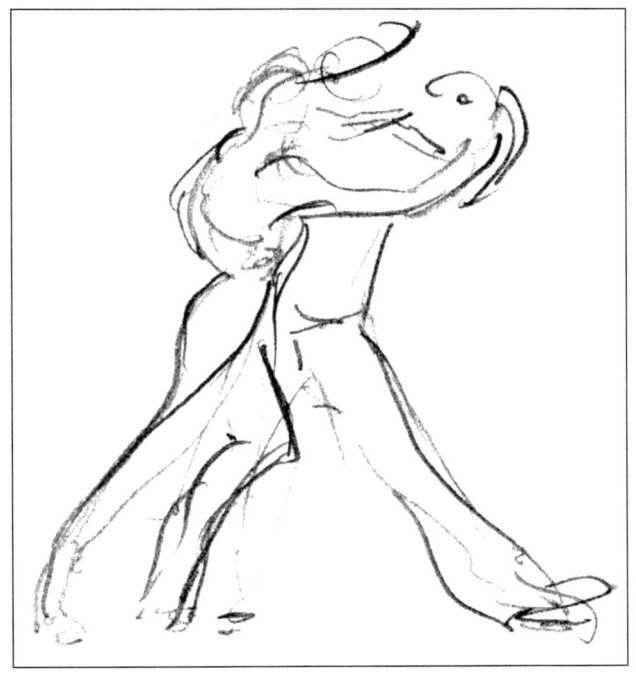

Tangoschritte

Erste Schritte

Der Tango ist ein Dialog, eine sehr intensive und innige Form der Kommunikation der Partner auf Basis von Musik und Bewegung.

Normalerweise folgt beim Tango auf einen Taktschlag ein Schritt. Es können auch Pausen eingelegt oder die Schritte in ihrer Zeit halbiert werden. Je nachdem, wie der Führende sich von der Musik leiten lässt, oder wie es die Platzverhältnisse auf der Tanzfläche erlauben, kann der Tänzer das Zeitelement anpassen.

Ich habe mir angewöhnt, vor dem Beginn der ersten Schrittfolge auf der Stelle stehen zu bleiben, mit meinem Körper und meiner Partnerin leicht, fast unsichtbar zu pendeln und dabei die Fußbelastung mehrmals zu wechseln, bis ich mit meiner Partnerin im Gleichlang bin. Erst dann kann ich spüren, auf welchem Fuß sie gerade steht, und welcher frei ist. Denn nur ein freier Fuß kann geführt werden!

Ich kann nun als Führender meinen freien Fuß sowohl nach hinten, zur offenen Seite, nach links oder rechts und nach vorne setzen, dem dann die Folgende mit ihrem freien Fuß, nun ja, folgt.

Ich beginne die Bewegung in den ersten Schritt mit meinem ganzen Körper und stakse nicht erst mit dem Bein los, dem ich dann mit meinen Körper folge. Die gemeinsame Bewegung sieht etwa so aus, als ob eine zweiköpfige große Raubkatze durch den Raum schleicht. In den Tierfilm-Videos habe ich immer die Präsenz der Raubkatzen bewundert, und wie sie beim Schleichen jederzeit regungslos anhalten konnten.

Jede Bewegung aus den Richtungen „geradeaus" und „gerade zur Seite" erfolgt mit dem Bein und der Bewegung des Beckens und nicht aus Hüftverdrehungen.

Ich als Führender muss meine Partnerin durch Gewichtsverlagerung auf den rechten oder linken Fuß spüren lassen, mit welchem Fuß ich beginnen möchte. Den ersten Schritt leite ich mit meinem Körper ein und öffne den Raum für meine Partnerin. Anhand des geöffneten oder versperrten Raums merkt sie, in welche Richtung es gehen soll und folgt der Vorgabe mit Hingabe und Fantasie, dabei immer auf die eigene Achse bedacht.

So ist es den beiden Tänzern möglich, aus jedem Schritt heraus anzuhalten und den freien Fuß nach vorne, hinten oder zur Seite zu setzen.

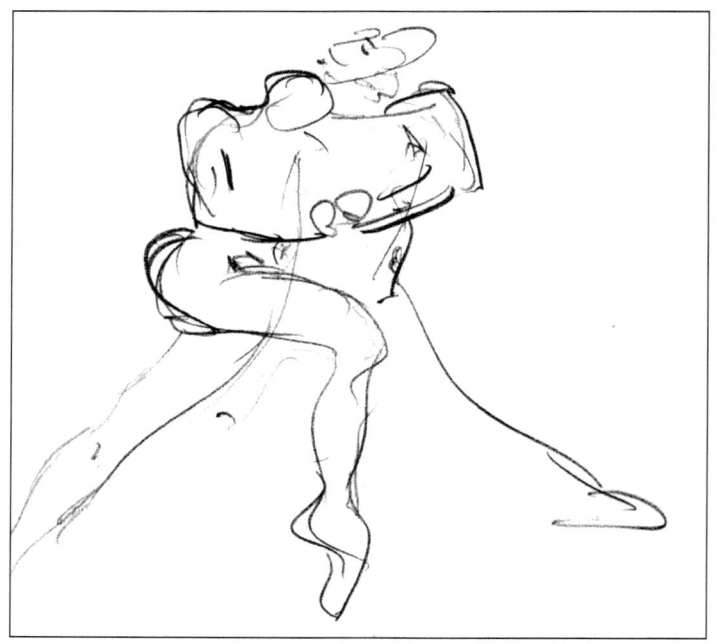

Ich folge dir

Führen und Folgen

Die ersten Takte eines klassischen Tangos klingen auf, und die Paare drängen auf die Tanzfläche. Erste Figuren werden zelebriert. Unbeholfen stakst ein Anfängerpaar die mühsam erlernten Schritte der *Base* mit viel Distanz und starrem Blick auf die eigenen Füße.

Der Mann zerrt ungeduldig an seiner Partnerin, diskutiert mit ihr und gibt ihr die Schuld an der misslungenen Schrittfolge. Sie will ihr Bestes geben, sie hat jedoch nicht verstanden, was ihr Partner führen will und kommt aus dem Takt. Und er hat noch nicht gelernt, deutlich und klar zu führen.

Liebe Freunde des Tangos: Die Frauen können vieles, jedoch nicht Gedanken lesen.

Lassen wir die beiden. Sie werden es noch lernen oder auch nicht. Wenn das Paar nur auf das Erlernen von neuen Schritten aus ist, das Spielerische am Tango nicht entdeckt und keinen Zugang zu ihren Emotionen findet, kommt irgendwann die Frustration. Dann hat einer von beiden keine Lust mehr, und das war's dann mit dem Tango.

Natürlich bedarf es für den Tango gerade für Anfänger erste Grundschritte, in denen sie sich orientieren können und sicher fühlen, diese sollten sie unbedingt bei einem erfahrenen Tangolehrer erlernen.

An sich ist der Tango eine große Improvisation mit tausenden variierenden Schrittfolgen. Das macht seinen besonderen und einzigartigen Reiz aus.

Man kann zum Beispiel aus jedem der acht Schritte einer *Base* mit dem freien Fuß entweder zur Seite, vorwärts oder rückwärts gehen und muss das natürlich der Partnerin durch eine klare Körperführung vermitteln.

Und die Partnerin sollte mit allen Sinnen auf diese Körperführung achten, um mit eigenen Schritten (re)agieren zu können und ihre eigene Antwort auf die Führung des Partners gestalten.

Dazu muss ich mal wieder etwas weiter ausholen, um Dir mein Verständnis von aktivem und passivem Geführt-Werden nahzubringen.

Auf einem Tango-Workshop in Ulm hat uns einmal unser Tangolehrer Julio vorgemacht, was der Unterschied zwischen passivem und aktivem Folgen ist.

„Klaus, komm mal her und führe mich" holte er einen aus unserer Mitte und ließ sich von Klaus in den Arm nehmen.

Der Tango begann, und Julio hing ohne jede Eigenspannung und eigener Achse wie ein Mehlsack an Klaus, vergrub seinen Kopf an dessen Schulter und ließ sich von ihm wie eine Schubkarre durch den Raum bewegen, ohne selbst etwas Kreatives zu diesem Tango beizutragen und die eigene Achse zu halten.

Klaus hatte mächtig zu tun, um über die Runde zu kommen und war nach kurzer Zeit fix und alle.

Bei dieser Darstellung fehlte dem Paar jede Ausstrahlung.

Warum wohl?

Für eine zweite Demonstration nahmen beide dann vor dem Beginn der Musik mit einem kleinen Abstand zueinander Aufstellung, und lehnten sich mit ihren Oberkörpern sanft aneinander. Die Musik erklang.

Klaus wartete, pendelte, bis er spürte, auf welchem Fuß Julio stand und führte ihn in eine *Base*. Julio griff die Schrittfolge bewusst auf und ließ sein geführtes Bein weit nach hinten gleiten, immer in seiner Achse, voller Kraft und Poesie. Er konnte jederzeit anhalten, ohne aus der Balance, aus seiner Achse zu fallen.

So reagierte er auf alle Führungs-Impulse von Klaus mit eigenen bewussten und klar gestalteten Schritten. Durch kleine Verwindungen des Oberkörpers führte Klaus Julio in den Kreuzschritt der *Base* und weiter in den Abschlussschritt (*Salida*).

Jetzt wurde der Tango spürbar, begreifbar und berührte uns Zuschauer durch die Präsenz, mit der beide Tanzpartner agierten, miteinander einen Dialog führten und die Musik interpretierten.

Da war keine Ablenkung durch rumwandernde Blicke, kein Geplapper und nichts vom Rumschiebenlassen zu sehen. Beide waren in voller Achtsamkeit zur Musik und zueinander. Das war Tango!

Ich will damit sagen:.

Der Führende und die Folgende sind gleichwertig, wobei der Führende auf Grundlage der Musik klare entschiedene Schritt-Angebote macht und die Folgende diese einfühlsam mitgestaltet. Da die Folgende meist nicht weiß, was der Führende als ersten Schritt anbietet, muss sie sehr aufmerksam auf seine Körperführung achten.

Entschuldigung

Wenn ich das schon höre: „Entschuldigung."
Mir begegnen immer wieder Frauen, die glauben, sich beim Tango für jeden Pups entschuldigen zu müssen.

„Entschuldigung, ich hab nicht aufgepasst."

Wo warst du denn mit deinen Gedanken, doch nicht beim Tango?

„Entschuldigung, ich hab dir auf den Fuß getreten."

Na, das hab ich auch gemerkt.

„Entschuldigung, den Schritt kannte ich noch nicht."

Wie auch, der ist mir selbst erst gerade eingefallen.

„Entschuldigung, ich bin erst Anfängerin."

Na und? Das hab ich auch vorher schon gesehen, aber ich möchte trotzdem mit dir tanzen.

Leute, ich kann es nicht mehr hören. Wir sind hier beim argentinischen Tango. Und da gilt für mich:
„Beim Tango wird erstens nicht gequasselt und zweitens sich nicht entschuldigt".
Wenn ich wirklich mal Mist gebaut habe und einem anderen Paar reingerauscht bin, sage ich:

„Es tut mir leid", und das war's. Das ist ehrlich gemeint, und ich erwarte keine Aktion von meinem Gegenüber, in der er oder sie aktiv werden und meine Entschuldigung annehmen muss.

Manchmal lächle ich in so einer Situation meinen Kontrahenten kurz an, berühre eventuell seinen Arm und frage:

„Alles okay?"

Es wird scheinbar immer stillschweigend vorausgesetzt, dass ich die Entschuldigung annehme und alles verzeihe.
So ein Mist. Muss ich nicht, will ich nicht!
Und wenn ich die Entschuldigung nicht annehmen will, weil mich der Tritt oder der Schups oder das „Aus-der-Achse-reißen" genervt hat?

Vor kurzem hat mich mal eine Frau durch ihren spontanen Abbruch einer flotten Kreiselbewegung voll aus der Achse gebracht und, als sie merkte, dass ich aus der Achse flog, wieder dieses verdammte „Entschuldigung" gemurmelt.

„Nein, ich entschuldige dich nicht" konnte ich spontan nur antworten.

Oha, für meine Tänzerin war es scheinbar neu, dass mal einer nicht selbstverständlich die Entschuldigung annimmt. Für den Rest des Tangos war da Sendepause. Die Frau war still, und es lag eine eigenartige, distanzierte Stimmung über unserem Tanz. Ab da konzentrierte sie sich, war ganz wach und reagierte achtsam auf meine Führungsangebote. Na, das war doch genau das, was ich wollte.
Ihr werde jetzt sicher denken:

„Mein Gott, was für ein ungehobelter Klotz?"
Mir egal. Ich sag, was Sache ist.

Für mich gibt es beim Tango (oder in der Liebe) keine „Entschuldigung". Alles passiert, wie es gerade passiert und das gehört zum großen Spiel.

Auf einer Café-Milonga ist mir eine Tänzerin zwei Mal kurz hintereinander auf meinen kaputten großen Zeh gestiegen und hat jedes Mal wieder dieses verd... „Entschuldigung" gemurmelt.

Diese Tritte haben richtig wehgetan. Ich bin stehen geblieben, hab meinen Zeh untersucht (der war schon blau angelaufen) und sie anknurrt:

„Wenn du mir nochmal auf meinen wehen Zeh steigst, kriegst du eine gescheuert." Erschrocken schaute sie mich an. Ab da war sie sehr vorsichtig und meinte: „Das mit deinem Zeh hab ich nicht gewusst."

Auch auf einen gesunden Zeh getreten zu bekommen ist kein Honigschlecken. An sich sollten die Damen das wissen, weil ihre Schuhe ja meistens vorne offen und damit die Zehen ungeschützt den harten Schuhspitzen der Männer ausgeliefert sind.

Natürlich hätte ich ihr keine gescheuert, Sondern ich hätte sie nicht mehr aufgefordert. Solche Tritte fallen für mich unter das Kapitel: Körperverletzung, Unachtsamkeit. Also meine Damen, seit achtsam mit euren Füßen.

Ich rede hier nicht nur von den Tänzerinnen, sondern auch von den Jungs, die diese Entschuldigungs-Nummer praktizieren und denken, damit können sie sich alles erlauben.

Strengt euch an, seid in jedem Augenblick achtsam.

So, jetzt ist das auch mal raus, und mir geht es wieder besser. Wenn ich wirklich jemand schmerzhaft erwischt habe, gehe ich nach dem Tanz zu ihm oder ihr hin und sage:

„Es tut mir sehr leid. Kann ich das wieder gut machen?"

Spielerei

Gequatsche oder so

Neulich bin ich einer hübschen Frau begegnet, bei der ich mal wieder diesen dumpfen Druck auf der Brust spürte und mir das Atmen schwer wurde. Ein Gesicht wie von Botticelli gemalt, mittellange kastanienbraune Haare, ein süßer, sanft geschwungener Mund, grüne, neugierig blickende Augen, sicheres und lebendiges Auftreten, fröhlich und wortgewandt.

Also die Sorte von Frauen, bei denen ich sofort schwach werde und meine verbale Ausdrucksweise ins Kleinkindhafte abrutscht. Das heißt: Mir fällt absolut nichts mehr ein, was ich ihr sagen könnte. So eine Frau kann mich beliebig um den Finger wickeln. Deshalb gehe ich ihnen vorsichtshalber aus dem Weg, je mehr ich sie anziehend finde. So nach dem Motto: >Achtung Herzbruchgefahr mit vereinzelten Störungen des Nervensystems<.

Ich hatte sie schon den ganzen Abend zusammen mit ihrem Begleiter beobachtet und aus der Ferne angehimmelt. Dann setzte sie sich auch noch neben mich, schaute mich ganz lieb an und fragte:

„Was für ein schöner Vals. Den möchte ich so gern mit dir tanzen. Hast du Lust?"
Natürlich hatte ich Lust! Und wie! Endlich durfte ich diese schöne Frau in meinen Armen spüren. Ich war paralysiert, stand beklommen auf, sagte mit meinem Klos im Hals:

‚Dann komm,‘ und wir schoben uns auf das Parkett.
Sie legte liebevoll ihren Arm um meine Schultern, ergriff meine Linke, und wir stürzten uns in die ersten Schrittfolgen.

Aber was war das?

Meine schöne Nachbarin dreht sich voller Freude mit mir im Vals-Takt und sang dabei die Melodie mit. Den ganzen Vals, und nicht besonders leise.

Schlagartig ging bei mir das Licht der Leidenschaft aus, und meine Achtsamkeit sackte in den Keller.

War diese Frau mit ihrer Aufmerksamkeit wirklich beim Tango? Oder diente ich ihr nur als tanzender Kleiderständer, damit sie jemanden zum Festhalten hatte?

Ich war verunsichert, wusste nicht, was ich machen sollte, hielt den Gesang eine Zeit lang aus, bis es mir zu viel wurde:

„Jetzt halt doch mal endlich die Klappe" rutschte es aus mir raus.

„Ich kann mich gar nicht auf den Vals konzentrieren."

Das hatte scheinbar noch niemand so deutlich zu ihr gesagt.

„Ach so, ja, ist klar" sagte sie und war ab dann ruhig.

Ich konnte meine Achtsamkeit und Körperspannung wieder aufbauen, und die restlichen Tangos mit ihr genießen.

Ab da war auch eine tolle Präsenz ihrerseits für mich spürbar, und wir konnten uns lachend verbschieden.

Also denkt daran meine Lieben:

Beim Tango wird bei mir nicht mitgesungen oder gequatscht!

Ist das klar?

Ich habe nichts dagegen, wenn ihr beim Bügeln oder Autofahren summt oder singt, aber auf keinen Fall beim Tango (oder beim Sex!! Aber das ist mir egal, was ihr dabei macht).

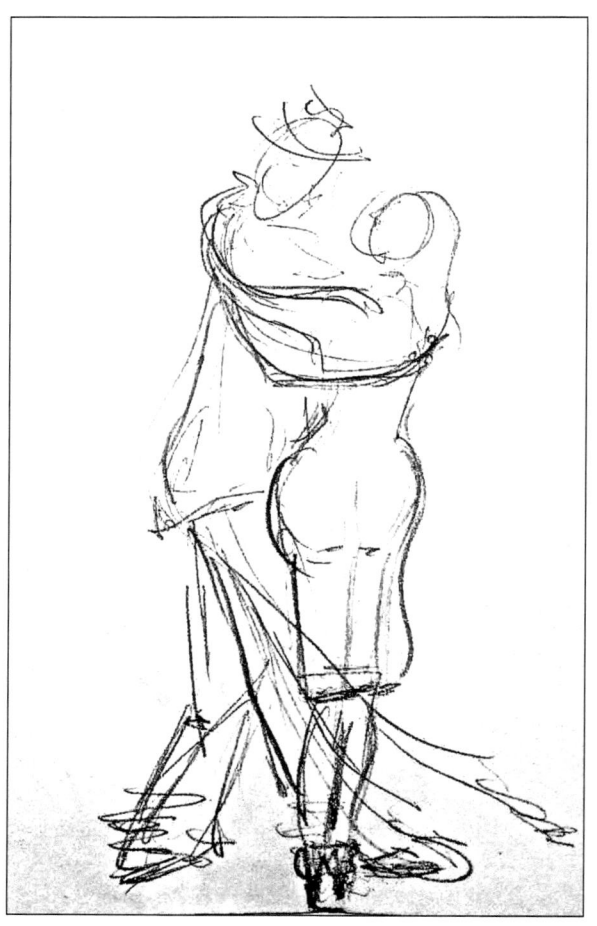

Stopp

Der Oberlehrer

Ich habe mir lange überlegt, ob ich dieses Kapitel bringen soll, aber es muss einfach aus mir raus. Auch meine Souffleusen haben mich darin bestärkt, ein paar ernste Worte zu diesem Thema zu sagen, dem Thema >Oberlehrer<

Wie der Name schon sagt geht es dabei im wesentlichen um Tänzer, welche es sich nicht verkneifen können und glauben, ihrer jeweiligen Tanzpartnerin während der Milonga auf der Tanzfläche zeigen zu müssen, was sie alles falsch macht, und wie Tango richtig getanzt wird.

Diese Tänzer warten geradezu auf Anfängerinnen und Neulinge in der Szene, vor allem wenn diese jung und hübsch sind, stürzen sich auf sie und labern ihnen den ganzen Tanz das Ohr voll. So, als wenn diese junge Frau zur Milonga gekommen wäre, um belehrt zu werden.

Einerseits verunsichern sie durch ihre Belehrungen die Debütantin noch mehr, weil diese das meiste von ihm gar nicht mitbekommt und neben den vielen Eindrücken der Milonga nicht verarbeiten kann. Und zum anderen stört es die tanzenden Paare gewaltig, wenn da so ein Möchtegernlehrer mitten zwischen den Paaren lauthals seine Weisheiten von sich gibt und mit seinem Opfer Schritte übt. Ich finde das rücksichtslos gegenüber den anderen Paaren.

Zum Tangolernen gehe ich in einen Tangokurs oder Workshop mit kompetenten Lehrern. Und um Schritte zu üben besuche ich Übungs-Milongas, die es leider nicht so viele gibt.

Da herrscht meist eine regelrechte Arbeits-Atmosphäre, und du kannst andere um Rat fragen oder dir einen Schritt zeigen lassen und dich ausprobieren und das Gelernt immer wieder üben, bis du es drauf hast.

Als ich diesen Text meiner Süßen vorgelesen habe meinte sie:

„Ich finde das auch so ätzend, wenn einer, der meistens noch nicht mal selber gut tanzen kann, glaubt, mir zeigen zu müssen, was er alles besser weiß. Was will er denn damit erreichen? Mir das Tangotanzen beibringen oder vermiesen? Was treibt ihn überhaupt dazu, mich belehren zu müssen? Will er vor mir groß als Tanguero dastehen? Ich verkrampfe mich da immer und habe das Gefühl alles falsch zu machen. Diese Besserwisserei verunsichert mich noch mehr, als ich sowieso schon bin. Ich komme dann ganz aus meinem Fuss, aus meiner Tangostimmung. Nein danke."

Beschließen wir das leidige Thema mit diesen Worten einer schönen Frau.

Abschied

Die Musik nähert sich dem Ende und verklingt in einem fulminanten Akkord.

Als erfahrener Tanguero bist du gleichzeitig mit dem Abschluss-Takt in einer letzten Pose angekommen. Bei dieser Pose kannst du nochmals dem erlebten Abenteuer nachspüren und es ausklingen lassen.

Das ist etwas, dass du unbedingt lernen musst:

>*Das Ankommen auf dem letzten Takt*<

Dieses gemeinsame Ankommen lässt mich immer wieder in einer Art Glückrausch erschaudern, einem finalen Kick. Ich habe lange daran gearbeitet, und jetzt bekomme ich diesen gemeinsamen Moment immer öfter hin. Kann ich nur wärmstens empfehlen. Es ist noch einmal ein besonders inniger Moment von Nähe und Verbundenheit. Ich kann dir versichern:

Deine Tanguera wird begeistert sein und dich mit glänzenden Augen anschauen.

Und das kannst du üben. Im Internet gibt es dazu sogar Tipps und Videos.

Nachdem du dich langsam und mit Wehmut aus der Umarmung gelöst hast, kannst du auf gar keinen Fall einfach so, ohne ein nettes Wort, die Fliege machen und zur Nächsten eilen, mit der du schon während des Tangos per Blickkontakt angebändelt hast.

Das geht gar nicht! Es gibt wohl keine Frau, das dir das durchgehen lässt.

Also bleibst du einen kurzen oder auch langen innigen Moment in der Umarmung stehen, ohne Musik, einfach nur Halten, bevor ihr euch wieder voneinander löst und du deiner Tänzerin ein letztes Mal in die Augen schaust.

„Danke für diesen schönen Tanz", oder

„Das war ein wunderbarer Tango mit dir" oder so, ist jetzt mit einem freundlichen Lächeln angebracht, und ein

„Ich freue mich schon auf den nächsten Tango mit dir" wird die Tänzerin adeln und glücklich machen.

Vielleicht war das Tangoerlebnis aber außergewöhnlich, und hat euch zutiefst berührt, so dass jedes Wort zu viel wäre.

Es gibt Begegnungen, die derart unter die Haut gehen, dass sie keiner weiteren Worte bedürfen.

Gerade dann braucht deine Partnerin deine liebevolle Führsorge. Nach so einem emotionalen Erlebnis ist es für sie mitunter schwer, wieder aus dem siebten Himmel ihrer Gefühle zurück in die Realität mit Gedränge und lautstarken Unterhaltungen zu finden.

Hier kannst du dich als wahrer Könner zeigen, indem du an der Seite deiner Tänzerin bleibst, eventuell ihre Hand nimmst und sie achtsam durch die herumstehenden anderen Paare vom Parkett begleitest. Sie wird es dir mit einem liebevollen Lächeln danken und dich nie vergessen.

Glaub mir, ich weiß, wovon ich rede.

Parada

Eifersucht

Momentan habe ich nicht so direkt ein Beziehungsproblem. Meine Verflossene hatte mir mit ihren exzessiven Eifersuchtsanfällen die ganze Freude am Tango verdorben und mir öfters auf offener Tanzfläche vor allen Leuten eine Szene gemacht und rumgeschrien, wenn ich mal wieder mehr als eine Tanda lang in einen, nun ja, etwas emotionalen Tango mit einer anderen Tanguera eingetaucht bin.

Ich verstehe ja, dass es schmerzt, wenn sie den eigenen Tanguero so intim mit einer Rivalin beobachtet. Warum blickt sie mir auch nach, anstatt sich einen eigenen Tänzer zu angeln und selbst aktiv zu werden?

Ich habe mir angewöhnt, meiner Partnerin nicht mehr nachzuschauen, wenn sie im Arm eines dieser geilen Tänzer dahinschmachtet. Hauptsache ist, sie kommt danach zu mir zurück, auch wenn sie ganz außer Atem ist und ihre Wangen vor Begeisterung glühen.
Auf einer *Milonga* in Stuttgart, ich glaube es war bei Janos, diesem verrückten Typ, hat mich mal mein Freund Andreas zur Seite genommen:

„Du solltest lieber etwas mehr auf deine Hübsche aufpassen, sonst bist du sie los" flüsterte er mir verschwörerisch zu und nickte in ihre Richtung. Gudrun schraubte sich gerade mit geschlossenen Augen, leicht geöffnetem Mund und seligem Lächeln in eine enge Verwindung mit ihrem Galan und umschlang sein Bein mit einem lasziven langsamen *Gancho*.

Ich überlegte etwas benommen:

„Muss ich mir um meine Gudrun Sorgen machen? Ist da was Ernstes im Gange? Ist es mal wieder an der Zeit, ein Exempel zu statuieren, damit die Jungs wissen, wo der Hammer hängt?"

Dabei stieg mir langsam ein bitterer Geschmack die Kehle hoch, und mir wurde ganz heiß. Ich kenne das. Das sind meistens Vorzeichen einer gnadenlosen blinden Wut.

Also bis zehn zählen: „eins, zwei, drei....", ein tiefes Aufatmen, und es geht mir schon wieder besser. Der rote Schleier vor meinen Augen war verschwunden, und ich konnte die Dinge wieder etwas gelassener sehen.

„Da hast du nochmal Glück gehabt, du Spacko!" murmelte ich vor mich hin. „Ich werde mir dein Gesicht gut merken!"

Zu Beginn meiner Tango-Karriere ist es mir mal passiert, dass ich in so einer Situation ausgerastet bin. Ich hatte zu lange meiner damaligen Geliebten zugeschaut, wie sie sich einem dieser Gigolos an den Hals schmiss. Meine Bremsen haben versagt, und ich bin laut knurrend quer über die Tanzfläche auf den Typ da im Arm meiner Partnerin losgegangen und habe ihn von der Tanzfläche geschubst.

Der Mann wusste nicht, wie ihm geschah, taumelte mit einem fassungslosen Ausdruck im Gesicht vom Parkett und wurde von den anderen Jungs am Rand aufgefangen. Dabei lächelte er mich auch noch entschuldigend an. Vielleicht hatte er ein schlechtes Gewissen. Das war kein erfahrener Tanguero.

Ein richtiger Tanguero muss stets auch bei noch so innigen Umarmungen so präsent sein und sein Umfeld im Blick haben, dass er jederzeit Gefahr schon voraus spüren und, ohne lange nachzudenken angemessen und bewusst handeln kann. Quasi wie ein japanischer Samurai.

Nach diesem Streich lachte ich befreit auf, winkte dem Typ freundlich zu:

„Alles okay, mein Freund," nahm meine Holde in den Arm und tanzte mit ihr weiter.

Da war es auf einmal still im Raum, als wenn ein Engel durch den Saal schwebte. Nur die Musik war zu hören. Alle stoppten mitten im Tanz und schauten erstarrt auf uns. Dann, nach einem kurzen Atemholen, drehte sich das Karussell der Leidenschaft langsam weiter im Kreis, als wenn nichts passiert wäre. Mit fiel nur auf, dass uns die anderen Paare mehr Raum ließen. Auch nicht schlecht.

Ich bin dann später wie zufällig zu diesem Typ gegangen, der mich schon ängstlich anstarrte:

„Es tut mir leid, ich bin etwas ausgerastet" lächelte ich ihn an und klopfte ihm auf die Schulter. Sichtlich erleichtert lächelte er zurück:

„Ist schon in Ordnung."

Damit war das Eis gebrochen, und wir hatten noch ein interessantes Gespräch über meinen alten Benz. Der Mann war Ingenieur beim Daimler und konnte mir ein paar gute Tipps für meinen Oldie geben. So kann aus gelebtem Zorn eine interessante Verbindung, ja fast Freundschaft entstehen.

Heute würde ich so was nicht mehr machen, frühzeitig auf die bekannten Warnsignale meines Körpers hören und die Notbremse ziehen.

Ich gebe es zu: Ich habe auch oft den Fehler gemacht und meiner Partnerin beim Tango mit dem Messer zwischen den Zähnen zugeschaut. Heute lasse ich sie, schaue nicht hin, auch wenn mich alles dahinzieht, lenke mich durch ein Gespräch mit einem Kumpel ab, oder ich suche mir auch eine nette Partnerin. Seitdem geht es mir besser.

Meine Gudrun hatte dann vor sechs Monaten doch die Nase voll von mir mit meinem Tangowahn und mich kalt abserviert. Dabei hatte ich mir alle Mühe gegeben, es ihr recht zu machen:

Beim Ankommen in der *Milonga* hatte ich sie erst meinen Freunden vorgestellt, um das Eis zu brechen und ihr erste Kontakte zu ermöglichen. Die ersten drei Tangos und die Abschluss-*Tanda* hatte ich immer für sie reserviert, zwischendurch auch mehrere *Tandas* mit ihr getanzt und, vor allem, hatte ich sie immer anschließend nach Hause gebracht.

So kann es einem ergehen, wenn die Freundin nicht versteht, dass (zumindest bei mir) alles, was in der *Milonga* passiert, auch in der *Milonga* bleibt. Emotionen lasse ich beim Tango zwar zu, dafür gehe ich ja hin. Ich habe noch nie eine Braut nach dem Tango abgeschleppt sondern bin, nun ja, fast immer alleine nach Hause gegangen, bis auf das eine Mal.

Nun ja, das ist eine andere Geschichte.

Heidrun,

nun hast du trotz meiner Warnung bis hierhin gelesen, ok. Schwamm drüber.

Ich bitte dich, ab hier nicht mehr weiter zu lesen.

Nach den vielen Jahren will ich dich nicht auch noch unglücklich machen. Aber es muss endlich mal raus, was du mir angetan hast, welches miese Spiel du mit mir gespielt hast.

Mir werden heute noch die Knie weich, und mein Atem geht schwer, wenn ich an unsere Begegnung denke.

Das muss ein Ende haben!!!

Also Adieu und dir „Alles Gute!"

Dein Carlos

Verfluchter Tango

Die in der folgenden Geschichte genannten Tangoschritte, wie *Gancho, Planeo* usw. findest du in den Anmerkungen ab Seite 151 beschrieben.

Vorhang auf

Draußen pfeift ein steifer Ostwind und rüttelt an den Fenstern meiner kleinen Wohnung. Schneeschauer prasseln gegen die Scheiben, verdunkeln die Sicht und überziehen die Stadt mit einem undurchdringlichen schmutzigen Weiß.

Wie komme ich heute bei diesem Sauwetter mit meinem altersschwachen Benz bloß zur *Milonga*? Zuhause bleiben wegen des schlechten Wetters? Nein, das ist keine Option! Hauptsache die Straßen sind befahrbar. Der Verkehrsbericht sagt nichts von den sonst üblichen Staus. Also werde ich fahren.

Was wird mich dort erwarten? Wird sie wieder da sein, die hübsche Heidrun mit ihren kastanienbraunen Haaren?

In der letzten Woche hatten wir spät abends zufällig an der Bar im >*Cabeceo*< nebeneinander gestanden. Ich hatte ihr, höflich, wie ich zu allen Frauen bin, den Vortritt gelassen. Und sie hat mir mit einem freundlichen Lächeln und mit „hallo, das ist aber lieb von dir" gedankt.

Wie ihr richtig vermutet, hat dieser Satz bei mir schon sofort die Flamme der Leidenschaft entzündet. Bei solchen Worten aus dem Munde einer so schönen Frau schmelze ich regelmäßig dahin.

„Bist du auch das erste Mal hier?" fragte sie mit spürbarem Interesse und berührte leicht meinen Arm irgendwie zufällig und in einer ganz natürlichen Art. Von dieser sanften Berührung aus dem Gleichgewicht gebracht faselte ich, schwer atmend:

„Ehhhh, nein, ich komme oft her, aber dich habe ich hier noch nie gesehen. Daran würde ich mich bestimmt erinnern." Ihre grünen Augen hingen an meinem Mund.

„Wir kommen aus Hamburg und besuchen hier unsere Freunde." Ihre Hand berührte dabei wieder sanft meinen Oberarm „Ich heiße übrigens Heidrun. Und wie heißt du?"

„Nenn mich einfach Carlos," stotterte ich.

„Nun, was ist mit euch Beiden? Was wollt ihr haben?" tönte Manni hinter der Bar, reckte sich zu uns rüber und verschlang meine schöne Nachbarin mit seinen Glubschaugen.

„Einen *Aperol* für mich. Und was trinkst du?" lächelte Heidrun mich an.

„Einen *Squash*, wie immer" rief ich Manni zu, um gegen die beginnende Musik anzukommen.

So schnell hatte er mich noch nie bedient. Heidrun nahm ihr Glas, drehte sich zur Tanzfläche, zögerte und schaute mich nochmal an.

„Vielleicht sehen wir uns ja bald bei einem Tango? Wir wollten nur mal kurz in eure Milonga hier rein schnuppern." Sie lächelte mich an. „Schade, jetzt muss ich wieder zurück zu meinen Freunden. Ich will sie nicht so lange allein lassen. Wir sind noch eine ganze Woche in der Stadt. Da wird sich sicher eine Gelegenheit zu einem Tango finden, was meinst Du?"

Sie berührte nochmal ganz leicht meinen Arm, ein letzter freundlicher Blick, und sie verschwand, ohne eine Antwort abzuwarten, im Trubel der Paare, die auf die Tanzfläche drängten.

„Sehr gerne" krächzte ich ihr hinterher und merkte, wie mich dieses bekannte dumpfe Bauchgefühl überfiel. Ein leichter Hauch ihres betörenden Parfüms und ein Carlos im Ausnahmezustand blieben zurück.

Solche leichten Berührungen empfinde ich als etwas, wie soll ich sagen, sehr Intimes, fast wie ein erotisches Angebot, auch wenn sie wie ganz zufällig passieren. Aber bekanntlich gibt es keine Zufälle. Diese Berührungen fuhren mir durch Mark und Bein. Ich war elektrifiziert. Die wenigen Worte, die Berührung und ihr Blick auf meinen Mund hatten gereicht, um mein Herz und meine Sehnsucht aufzuwecken.

Manche Menschen haben für mich etwas magisch Anziehendes, das ich nicht erklären kann. Waren es ihre blitzenden Augen, ihre sicheren Bewegungen? Oder war es ihr bezauberndes Lächeln und ihre offene neugierige Art, mich anzuschauen?"

Ich war von ihr fasziniert, suchte sie in diesem Trubel und sah sie den Rest des Abends über noch einmal ganz kurz mit einem großen dunkelhaarigen Macho tanzen. War das etwa ihr Mann oder Partner? So eine Klassefrau läuft doch bestimmt nicht allein durch die Gegend? War da nicht doch noch ein Blinzeln zu mir?

Bei den letzten *Tandas* war sie nicht mehr da, und ich ging mit einem schweren Sehnen im Herzen nach Hause.

Und heute ist es wieder soweit. Samstagabend: Die *Milonga* der Woche im >*Cabeceo*< am Westbahnhof.

Ich will sie wiedersehen, bin total aufgeregt und neugierig auf sie und den Tango mit ihr. Ich habe so ein sicheres Gefühl, dass es eine sehr intensive Begegnung wird.

Vorbereitungen

Zu einem so wichtigen Treffen schmeiße ich mich natürlich in Schale. Ich kann die Jungs nicht verstehen, die in ausgelutschten T-Shirts und abgerissenen Jeans zur Milonga kommen und glauben, dass es den Frauen genügt, wenn da ein Kerl steht.

Na ja, ich gebe ja zu, manchmal beobachte ich auch solche Stromer, denen hängen die Tangueras trotz abgerissener Klamotten förmlich am Hals. Aber die Jungs können oft gut tanzen und haben den Tango auf die pure emotionale Essenz reduziert.

Unsere Tangueras hier in der Szene erscheinen dagegen meistens in ausgesuchten tollen Tango-Kleidern, die leicht um die Hüften schwingen, ihre Figuren betonen und teilweise gewagte Einblicke auf die Beine und sonstigen Attribute ihrer Weiblichkeit zulassen. Dazu kommen noch glitzernde und farbenprächtige Stöckelschuhe, welche die Blicke an ihre Füße und Schrittfolgen fesseln.

Mir ist natürlich klar, dass die Frauen diese Aufmachung nicht nur den Tangueros zuliebe auffahren, sondern auch, um den anderen Frauen gegenüber zu glänzen und deren Augen vor Neid erblassen zu lassen. Welche Frau hat keine Freude am >Sich-Schick-Machen<? Ich möchte nicht wissen, wie viel Zeit unsere Hübschen zuhause vor dem Spiegel mit Aussuchen und Anprobieren

verbringen und damit ihre ungeduldigen Partner, die schon fertig geschniegelt an der Tür warten, auf die Palme jagen.

„Nun komm doch endlich. Es ist gleich schon 22 Uhr. Und die Straßen sind verschneit."

„Ja, ja, ich bin gleich fertig. Sei nicht so ungeduldig. Du wirst schon früh genug zu deinen Schicksen kommen. Ich muss nur noch ins Bad und die Beine rasieren."......

Die Kleidung sollte als ein Stück Ausdruck der eigenen Persönlichkeit nicht unterschätzt werden. Dein Auftritt in der Milonga sollte unverwechselbar sein. Vielleicht schräg oder witzig und immer so, dass du dich von den anderen deutlich unterscheidest. Angepasstes Äußeres ist langweilig, und dann wird man nicht oder selten wahrgenommen.

„Carlos? Meinst du den Dunkelhaarigen mit dem tollen Jackett?"

„Andreas, ist das der mit der Glatze und dem T-Shirt?"

Und jeder der Tangueros oder Tangueras im Kreis weiß sofort, wer gemeint ist. Also, nur Mut beim Rausfinden eurer persönlichen Corporated Identity.

Deshalb, liebe Freunde, sorge ich immer für eine markante Besonderheit bei meinem Outfit. Ich möchte meinen Tanzpartnerinnen meine Hochachtung auch durch ein gutes Outfit zeigen und ihre Herzen erfreuen. Sie sollen sich nicht wegen mir schämen müssen, sondern mit mir auch ein bisschen angeben können und die Neidblicke der Konkurrenz herausfordern.

Und da ich heute mal nicht als verruchter Macho wahrgenommen werden möchte, werde ich bei dem bleiben, was mir am besten gefällt: Etwas Einfaches, Klares, von hoher Qualität, ohne Schnick-Schnack.

Beim Tango sollte meines Erachtens möglichst nichts von dem ablenken, um das es hier geht, nämlich Emotionen zu wecken und zu leben.

Was ziehe ich denn dazu an? Ein weißes Hemd? Nein, viel zu farblos und langweilig. Außerdem sieht man darauf die Schwitzflecken.

Ich krame in meinem großen Kleiderschrank, in dem etliche Hemden im schattigen Dasein dahinschlummern. Hier in der schwarzen Ecke, da werde ich sicher etwas finden.

Das mit den Nadelstreifen vielleicht? Nein, das fühlt sich zu glatt und kühl an, irgendwie glitschig, kommt also nicht infrage. Das eng auf Taille geschnittene Hemd? Ich quäle mit hinein, aber es spannt um die Hüften, und die Knöpfe platzen schier aus den Knopflöchern. So was? Bin ich dicker geworden? Wahrscheinlich ist das Hemd bei der letzten Wäsche eingelaufen. Das geht gar nicht.

Da bleibt nur noch das dritte schwarze Hemd. Endlich, es passt wie angegossen. Soll ich darunter ein Unterhemd anziehen? Lieber nicht, dann stehe ich erfahrungsgemäß bei meinem exzessiven Tangostil schnell unter Wasser, und mir geht bald die Puste aus. Dazu wähle ich noch als Ersatz für den Fall, dass es mir doch zu warm wird, mein dunkelgrünes Lieblings-T-Shirt mit dem Stier-Logo.

Jetzt die Hose. Meine neuen schwarzen gefütterten Winter-Jeans? Die wären zwar schön warm für das Sauwetter draußen. Aber die kommen auf keinen Fall infrage. Tango in Jeans, das geht für mich gar nicht.

Die graue, dezent gestreifte Tangohose mit den weiten Beinschlägen und dem breiten Bund, die ich mir extra für viel Geld habe anfertigen lassen? Dazu rote Hosenträger? Nein, das passt heute nicht zum schwarzen Hemd, das ich über der Hose tragen will.

Die andere schwarze Hose mit den schmalen Nadelstreifen? Ja, die fällt weich, sitzt noch so gerade und hat einen weiten Beinschlag. Ideal für die langen schleifenden Schritte beim Tango.

Außerdem sieht man darin durch den engen Sitz ums Gesäß gut meine mühsam antrainierten Arschmuskeln. Die scheinen bei den Frauen von besonderem Interesse zu sein. (habe ich mal so zufällig in einem Gespräch von zwei Frauen mitbekommen)

Welche Jacke? Hier nehme ich mein altbewehrtes traditionelles Zweireiher-Jackett mit Nadelstreifen vom Bügel, welches ich mir auf einem Flohmarkt in Paris zugelegt habe. Die Verkäuferin wollte den Preis hochhandeln. Sie jammerte mir vor, dass diese Jacke zum Hochzeitsanzug ihres Ex gehörte und sie noch sehr an ihm hängen würde. Das macht dieses geschichtsträchtige Teil für mich nochmals interessanter. Das Teil ist außergewöhnlich gut geschnitten. Meine Fantasie über seine hochzeitsmäßige Vergangenheit geht jedes Mal fröhlich spazieren und inspiriert mich beim Tango. Ich möchte es nie mehr missen, es sitzt wie angegossen und bietet trotzdem genügend Bewegungsfreiheit und Luft zum Atmen. Wer redet heute noch davon, was es mal gekostet hat?

Vor allem für den ersten Auftritt in der Milonga macht es Tango-mäßig was her, und ich fühle mich, wie nach Buenos Aires versetzt und kann richtig loslegen. Nach ein paar Tänzen muss ich es jedoch ausziehen, sonst stehe ich unter Wasser und bekomme keine Luft mehr.

Aber die ersten Runden sind entscheidend, da wird Mann von den Frauen taxiert, ob Mann für einen Tango oder mehr infrage kommt. Außerdem steche ich mit dem markanten Teil aus der Menge hervor und kann gegenüber den Hemd-Typen punkten.

Um noch eine Variante zu haben, nehme ich immer auch eine schmale, blau-schimmernde Weste mit, so als Übergang vom Jackett zum Nur-Hemd. Macht schön was her und wirkt kostbar.

Ich lege Hemd und Hose raus, um es nachher aufbügeln zu können. Was ist mit meinen Haaren? Zum Friseur ist es zu spät, die Haarlänge geht noch so gerade durch. Erst mal ab unter die Dusche, Haare waschen. Am Duschrand steht noch die neue Dusch-Lotion mit dieser rauchigen Duftnote nach Leder und Zedernholz, genau das Richtige.

In die Haare kommt ein leichter Festiger, damit sie mir nicht zu sehr in die Stirn hängen und halbwegs die gewollte, etwas verstrubbelte Form behalten.

Meine Hände will ich heute auch verwöhnen. Sie sollen glatt und geschmeidig sein für die Schöne(n) der Nacht. Im Ökoladen habe ich eine tolle Handcreme gefunden. Zieht sofort ein und riecht fantastisch. Aber erst tritt mein bewährter Achselstift in Aktion. Ich fühle mich damit sofort besser. Oft erprobt, immer wieder erfolgreich mit seiner etwas strengen Note nach Limonen.

Was macht mein Bart? Lieber weg oder den Drei-Tage-Bart stehen lassen? Schwere Entscheidung. Ich rasiere mich lieber mit der Klinge. Das gibt eine wunderbar glatte Haut. Welche Frau will schon mit Schmirgelpapier tanzen. Einen Bart wachsen lassen kann ich immer noch, wenn ich mal älter bin und mein Kopf die erste Platte zeigt.

Natürlich werden vor der *Milonga* die Zähne geputzt. Dazu noch für den Notfall ein Pfefferminz in die Tasche. Mundgeruch ist beim

Tango echt ein Killer-Kriterium. Und man kann nicht immer meilenweit an der Partnerin vorbei atmen oder sprechen.

Was fehlt noch? Ach ja, die Tango-Schuhe. Drei Paar stehen zur Auswahl. Die ausgetretenen schwarzen Übungslatschen sind total verstaubt, sitzen aber absolut, wie Gymnastikschuhe. Nur machen die nichts her.

Dann die modernen grau-schwarzen Wildleder-Schleicher mit den roten Endkappen und Bändseln? Ja, die nehme ich mir für glattes Parkett mit, weil sich die Wildledersohle gut aufrauen lässt und einen sicheren Stand in allen Situationen gewährleistet.

Für mich gibt es kein zu glattes Parkett. Ich fühle mich auch auf einem Stahlplattenboden wohl, wie ich ihn einmal in so einem dunklen Tangoschuppen vorgefunden habe. Die Drehungen und Schleifschritte gelingen fantastisch.

Man muss nur immer für eine gute Stabilisierung der eigenen Achse sorgen und die Partnerin in ihrer Achse lassen. Das habe ich raus. Sollte meine Partnerin aus der Balance kommen, kann ich auch aus einem Ausrutscher noch einen neuen ungewohnten Schritt kreieren und unsere gemeinsame Stabilität zurückgewinnen.

Alles eine Frage der mentalen Einstellung.
Ich sage mir einfach: Ich rutsche nicht aus sondern gleite kontrolliert dahin. Ich liebe es, wenn mein Fuß bei bestimmten Schrittfolgen noch so ein kleines bisschen nachrutschen kann, so wie beim Skilaufen an einem vereisten Hang.
Dynamik pur, kann ich nur sagen!

Dagegen gibt es für mich nichts Schlimmeres, als stumpfes Parkett. Auf stumpfem Tanzboden ist jede Drehung eine verdammte Tortur und lenkt mich ab von der Musik, von der Partnerin und der Gestaltung unserer Schrittfolgen. Notwendige kleinste Korrekturen zur Stabilisierung der Achse sind fast nicht möglich. Ich muss kleine Schritte machen und komme nicht ins Flow.

Drehungen auf stumpfem Boden gehen mir auf die Gelenke und machen mich schnell müde. Die Füße kleben regelrecht am Parkett. Da kann kein Tango-Feeling aufkommen. Deshalb nehme ich unbedingt noch meine grünen eleganten Lederschuhe aus Italien mit glatten Chrom-Sohlen mit. Für diese Schuhe bin ich extra nach München zum Tangoschuh-Spezialisten gefahren.

Jetzt noch die Feilenbürste zum Aufrauen der Sohle in den Schuhsack. So bin ich gerüstet.

Ach ja, etwas Geld kommt in die Gesäßtasche, ein blütenweißes, frisch gebügeltes Taschentuch in die Hosentasche, dazu noch ein paar Münzen Kleingeld. Eine Brieftasche nehme ich nicht mit, sie stört zu sehr beim Tanzen. Also wandern der Führerschein und die Zulassung auch in eine Gesäßtasche.

Als Mantel nehme ich trotz der Kälte, die eher einen dicken Parka fordert, den dunklen Cashmere-Mantel mit dem weichen samtigen Feeling. Absolut genial. Wer weiß, mit wem ich heute nach der Milonga noch losziehe.

Ein roter Schal und ein Schlapphut mit breiter Krempe komplettieren die Ausrüstung. Damit ich meinen Mantel auch im Dunkeln schnell wiederfinden kann hänge ich den Schal an der Garderobe immer über ihn.

Ich merke, ich bin nervös. Also esse ich vor dem Aufbruch noch eine Kleinigkeit, ein Putensteak mit gemischtem Salat. Aber nicht zu viel, sonst werde ich träge und müde.

Das Essen beruhigt. Ich bügele meine Sachen bei schmelzender Tangomusik und ziehe sie noch warm an.
Allein das ist schon ein geiles Gefühl: Der Geruch von noch warmen, frisch gebügelten Hosen und Hemden!

Das Tangostück: >*Leonel, el Feo*< klingt leise. *Daniel Melingo* legt in seinem Song die richtige Schwere in die verrauchte Stimme.
Die zieht mich grandios in die richtige Tango-Stimmung.

Kurz vor meinem Aufbruch setze ich mich für 15 Minuten in meinen Lieblingssessel und mache meine bewährten Entspannungsübungen, dabei werde ich ganz ruhig.

Die *Milonga* beginnt um 21 Uhr. Aber ich ziehe es vor, nicht zu früh zu erscheinen. Vor 22 Uhr ist noch kaum einer da, und der Raum hat nicht das gewisse Oeuvre der Leidenschaft.
22 Uhr ist gut.

Es ist absolut wichtig, bei so einem Wetter warme Füße zu behalten. Mit kalten Füssen Tango tanzen geht gar nicht. Deshalb ziehe ich meine gefütterten Moon-Boots an.

Ankommen

V or der Haustür packt mich ein bissiger eiskalter Schnee-wind. Eispartikel stechen mir ins Gesicht und sorgen für Schockstarre. Meine Moon-Boots sinken bis fast zum Schaftrand ein. Die Straße dämmert im fahlen Winterlicht einzelner Laternen. Nichts wie ins Auto.

Aber mein alter Benz ist total eingeschneit. Nur noch seine Konturen sind, wie mit einem Weichzeichner gemalt, unter einem Schneebuckel zu erkennen. Lieber schaue ich erst mal aufs Nummernschild, ob unter diesem Schneehaufen auch wirklich mein Auto steckt.

Ich schließe ihn auf, versuche die Tür zu öffnen, aber die Türdichtungen sind angefroren und geben nur zögerlich mit einem reißenden Geräusch den Weg frei ins Innere. Auch die Scheiben sind mit einer Eisschicht überzogen. Also erst mühseliges Kratzen mit einem ausgelutschten Schaber. Da ich die Handschuhe vergessen habe sind meine Finger schnell rot gefroren. Endlich habe ich das geschafft und kann einsteigen. Wie kriege ich das Auto bloß aus der verdammten Schneewehe, die ein Räumfahrzeug gegen mein Auto gedrückt hat?

In meinem Benz ist es kalt und klamm, der Sitz eisig. Die Maschine springt aber trotz der Kälte sofort an.

Ein Lob der neuen Batterie, dem frischen Öl und meiner winterlichen Pflege. So alte Herren wollen geachtet werden.

Langsam setze ich zurück, damit ja nicht die Reifen durchdrehen, und schaukele behutsam über die Schneewehe auf die Straße. Im Lichtkegel der Straßenlaternen taumeln Schneehexen mit wahnsinnigem Tempo in den Himmel empor, überschlagen sich, werden auseinandergerissen, ziehen weiter, und ihre geisterhaften Schneearme greifen an den Hauswänden hoch, fiebern waagerecht über die Dächer und lassen die Dachziegel klappern.

Wie ein Leichentuch wogt ein Teppich aus Eiskristallen quer über die Fahrbahn. Der Bürgersteig ist nur noch schemenhaft zu erkennen. Von Fahrbahnmarkierungen ganz zu schweigen.

Andere Autos haben schon tiefe Reifenspuren in den Schnee gefahren, in denen ich entlangschleichen kann. Der Schnee auf der Fahrbahn ist so hoch, dass er immer wieder am Bodenblech schleift. Das grausame Geräusch, dieses ziehende Knirschen fährt mir schmerzhaft durch die Knochen.

Ich fädele mich in die Reifenspur ein und lasse meinen Benz ruhig dahingleiten. Leise Tangomusik stimmt mich auf den Abend ein. Letztendlich stelle ich das Radio ab, um meine ganze Aufmerksamkeit aufs Fahren konzentrieren zu können. Nur keine Fehler machen. Bei diesem Schnee liegen zu bleiben ist kein Honigschlecken. Ich habe ja alle Zeit der Welt.

An jeder Ampel bremse ich frühzeitig, damit die Reifen ihre Bodenhaftung nicht ganz verlieren und ich meinem Vordermann nicht draufrutsche oder ins Schleudern komme.

Es sind nur ganz vereinzelt Autos unterwegs, die Dächer teilweise hoch bepackt mit dreißig Zentimeter dicken Schneebrettern. An der

Steigung vor dem Hauptbahnhof ist es dann so glatt, dass meine Reifen beginnen durchzudrehen, also runter vom Gas, kurz rollen lassen, damit die Reifen wieder greifen und ganz gefühlvoll im Schritttempo die Steige raufkriechen.

Hier zahlen sich das Sicherheitstraining auf der Rutschplatte vom ADAC und vor allem die beiden Sandsäcke im Kofferraum aus. Die Haftung der Hinterräder verbessert sich dadurch erheblich. Schnell finde ich ins Westbahnhofsviertel mit seinen unbeleuchteten Industriebrachen und abgehalfterten düsteren Speichergebäuden.

Auf dem verschneiten Parkplatz vor dem >Cabeceo< finde ich noch eine Lücke. Fast alle Plätze sich belegt, also wird ja schon ordentlich was los sein.

Gott sei Dank ist der Weg vom Auto zum Gebäudeeingang nicht so weit. Die kurze Strecke durch den hohen zertrampelten Schnee reicht jedoch schon, und der Frost fährt mir eisig durch die dünne Stoffhose an die Beine.

Am Gebäudeeingang pendelt träge und leise quietschend eine funzelige Lampe über der Eisentür, darunter ein kleines Schild: >Cabeceo< Sonst nichts.
Für Außenstehende muss es ein Abenteuer sein, hierhin zu finden.

Die verkratzte Blechtür lässt sich nur schwer öffnen und knarzt erbärmlich in den verrosteten Angeln. Im halbdunklen Treppenhaus führen graue verwitterte Betonstufen nach oben in eine ungewisse Dämmerung.

Verdammte 85 Stufen! Schwer atmend komme ich im sechsten Stock des heruntergekommenen Altbaus an. Draußen klirrt eine Affenkälte. Deswegen hatte ich mir einen dicken Pulli unter dem Mantel angezogen.

Jetzt schwitze ich natürlich wie ein Pferd nach einem heißen Ritt. Hoffentlich ist mein Tangohemd nicht zu sehr verknittert.

Schwer atmend komme ich oben an. Auf dem Treppenabsatz vor mir fristet auf einem Schemel eine unruhig blakende Kerze ihre letzten Lebenszeichen.

Ich erkenne im Halbschatten eine verwitterte, ehemals grün gestrichene Holztür mit verrosteten Scharnieren und einem abgenutzten Handgriff aus der Gründerzeit. Im Flur daneben blättert teilweise grauer Putz von den Wänden und lässt rohe Ziegelsteinmuster aufleuchten.

Irgendwelche Sprayer haben ihre Lebensweisheiten in wirren Logos und Kloaken-Sprüchen verewigt. Der unverkennbare Geruch nach scharfem Reinigungsmittel und nassem Betonstaub malträtiert meine Nase.

Neben der mattverglasten Tür hängt am Holzrahmen etwas schief ein kleiner Zettel: >*Tango*<.

Ich versuche, wieder Luft zu bekommen. Laut und heftig poltert mein Herz gegen die Rippen und kommt nur langsam zur Ruhe.

Durch die Türscheiben kann ich schemenhafte Schatten erkennen, die sich in immer neuen Formen auflösen und verbinden. Gedämpft klopfen Tango-Rhythmen mit den typischen weinerlichen Sequenzen eines Bandoneons.

„Ahh, >*La Yumba*<" atme ich auf. Ich bin angekommen. Ich liebe diese dramatischen Tangostücke von *Oswaldo Pugliese* mit ihren Tempo-Variationen, Verzögerungen und weiteren schmachtenden und drängenden Unverständlichkeiten, welche die Spannung aufs äußerste reizt. Was wird mich heute hier erwarten?

Der verrosteten Türglocke entlocke ich einen schnarrenden Klingelton. Der Türschnapper summt, und ich trete ein. Im dämmrigen Licht erahne ich im Hintergrund des großen Raumes schemenhaft einen hölzernen Bartresen mit einer umlaufenden schwarz glänzenden Fußstange.

Die Saalwände erinnern mich an Ruinen nach einem Bombenangriff auf Köln, nacktes Mauerwerk, unterbrochen von hohen Sprossenfenstern, dazwischen rostige Metallträger, welche die hohe Betondecke mit Traversen stützen.

Von der Decke baumeln schlangenartige lange Kabel mit nackten Fabriklampen und verbeulten Metall-Reflektoren. Warmes dunstiges Licht flutet punktuell die Tanzfläche und lässt die Umgebung in einem dämmerigen Halbdunkel erahnen.

Mehrere ausgelutschte Sofas in allen Stadien des Verfalls, mit durchhängender Federung und abgeschabten, rot, grün und braun schimmernden Polstern stehen wie absichtslos am Rand der Tanzfläche.

Darauf räkeln sich geisterhaft wirkende Gestalten, davor auf alten Holzkisten Flaschen und halbvolle Gläser und ein paar Kerzen, die mit Wachs auf das rohe Holz genagelt sind.

An der Bar lehnen schemenhaft Tänzer und Tangueras und beobachten mit ausdruckslosen Blicken das Geschehen auf der vollen Tanzfläche. Ich kann ihre Gedanken förmlich lesen:

„Wer kommt als nächstes Opfer infrage? Wie sicher und einfühlsam bewegt sich der/die Auserkorene? Wie viel Hingabe ist sie bereit, zu geben? Wie variantenreich, sicher und achtsam ist seine Führung? Ist er/sie noch frei oder fest vergeben?"

Eine Schöne lässt ihre Augen über die Schulter ihres Galans zum Nachbartänzer blitzen, hypnotisiert ihn als neues Opfer und macht schon mal alles klar für die folgende *Tanda*.

Paare in allen Stadien der Verzückung gleiten eng umschlungen gegen den Uhrzeigersinn im Kreis, weichen blind, wie von Geisterhand gesteuert, einander aus auf ihrem Weg in den nächsten *Ocho*, in den nächsten Kick.

Der Tango stampft laut und fordernd, das Bandoneon wimmert zart, leise, klingt aus, die Violinen schwingen sich ganz allein in taumelnde Höhen, setzen aus und, nach einer nervenzerfetzenden Verzögerung endet der Tanz mit einem furiosen Crescendo von Violinen und Bandoneon.

Ich stehe da und bin erstarrt von der Gewalt dieser Musik und der aufgeladenen erotisierenden Stimmung. Ich kann mich nicht bewegen, bin gebannt vom Geschehen.

Da, leise ganz leise erklingen die ersten Töne der *Cortina* (Pausen-Musik): der Titelsong aus dem Tanzfilm „*Pina*". Fröhliches Kinderlachen perlt auf, lange Cellobögen setzen ein und finden in immer größere Höhen, begleitet von einem einfachen klaren Piano-Takt. Der wird langsam lauter.

>*Pina*< ist das Signal für das Ende dieser Tanda. Sehr passend vom DJ ausgesucht, diese sprudelnde und beschwingte Fröhlichkeit, welche die Tänzer wieder zurückholt aus den narkotisierenden Klängen des letzten Tangos und sie zum Wechseln der Partner auffordert.

Fast alle Paare schieben sich von der Tanzfläche zum vollen Tresen. Nur einige wenige bleiben stehen, ganz in der Umarmung gefangen, wollen den Augenblick nicht loslassen, können noch nicht begreifen, dass dieser Tanz vorbei ist und warten eng umschlungen auf den Beginn der nächsten *Tanda*.

Der Raum ist voller hitziger, feuchter Wärme, so dass mir sofort wieder der Schweiß den Rücken runterläuft.

Ich löse mich aus der Erstarrung, suche im Halbdunkel eine Ablage für meinen Mantel und finde an den Wänden ein paar altersschwache Stühle mit darüber geworfenen Jacken und Mänteln. Darunter grast in wildem Durcheinander eine Herde verdreckter nasser Straßenschuhe.

Auf den hohen Fensterbänken strahlen matt wie farbige Edelsteine halbleere Flaschen und angetrunkene Gläser.

An einem überladenen Kleiderständer aus schwarzem Rattan kann ich endlich meinen Mantel aufhängen. Etwas erschöpft setze ich mich auf den wackligen Stuhl daneben. Ich teste den Boden. Das dunkle Parkett scheint heute glatt zu sein. Sehr gut! Dafür sind meine modernen Wildlederschuhe genau richtig. An einem Nagel hängt eine Sohlenbürste, mit der ich meine Sohlen vorsichtig aufraue.

Ich prüfe nochmals mein Outfit, keine harten Schlüssel in der rechten Tasche, der missverstanden werden könnte? Das frisch gebügelte Taschentuch griffbereit?

Vor dem halbblinden gesprungenen Spiegel ziehe ich mein Hemd gerade und versuche, mit gespreizten Fingern meinen Haaren einen leidenschaftlichen Touch zu geben, nicht zu wild aber auch keine gelackte Gigolo-Frisur.

Eine dunkle Haarsträhne lasse ich gekonnt über die Stirn rutschen, so dass man meine Augen nicht ganz erkennen kann. So, fertig.

Der Hemdkragen wird noch einen Knopf weiter geöffnet und das Jackett geschlossen.

Neben der Tür steht ein kleiner Tisch mit einem Zettel: „5,-€ Eintritt." Ich zahle und nicke der dunkelhaarigen Hübschen in ihrem halblangen schlichten Schwarzen hinter dem Tisch kurz zu. Ich bin angekommen.

Parkettgeflüster

Mein Blick gleitet scheinbar absichtslos durch den Raum. Da stehen sie rum, die Tangueros und Tangueras, lässig, auf Abstand, teilweise mit einem Glas in der Hand. Jeder versucht mit lauter Stimme das brodelnde Stimmengewirr der anderen zu übertönen.

Eine junge schlanke Grazie mit hoch gesteckter, blonder Mähne betrachtet sich genau im Spiegel und zupft korrigierend an ihrem eng sitzenden und weit ausgeschnittenen schwarzen Cocktail-Kleid. Verstohlen gleitet ihre Rechte in den Ausschnitt und hebt den Busen an. Ihr Blick sucht im Spiegel den Raum ab.

Neben ihr drängt sich ein beleibter Mann mit strähniger Halbglatze und dunklen Schweißflecken auf dem weißen Hemd zur Bar, an der sich die Tänzer gegenseitig auf die Füße treten.

„Erst mal zur Bar" denke ich auch, schiebe mich hinter ihm durch die Meute und suche Blickkontakt zu Manni, dem Barkeeper. Bei dem Betrieb dauert es. Endlich kann ich meinen *Squash* bestellen.

Hinter dem Barista leuchten bunte verführerische Flaschen mit diversen alkoholischen Köstlichkeiten. Sieht zwar schön malerisch aus, aber Alkohol reizt mich nicht.

Wenn ich Alkohol trinke, geht mir die besondere Präsenz, die absolute Achtsamkeit beim Tanzen verloren. Und auf die kommt es mir beim Tango in erster Linie an.

Ich will mit allen Sinnen wach sein für die Musik, meine Partnerin mit jeder Faser meines Körpers und meiner Sinne wahrnehmen und kleinste Impulse erspüren können.

Ich will die Musik atmen, mich von ihr durchdringen lassen und, ohne nachzudenken, in Bewegung und Schrittfolgen umsetzen können. Das ist für mich Tango. Dafür lebe ich.

Es gibt Tangostücke, die kann ich auf meiner Haut spüren, die lassen meinen Körper vibrieren, bei denen stürzen mir Tränen der Freude oder auch des vergangenen Leids in die Augen.

Beim Tango trinke ich deshalb meistens *Squash*, ein Mix aus Bitter-Lemon und Sodawasser, sehr erfrischend, oder etwas Ähnliches, aber nie Wein oder sonstigen Alkohol. Selbst ein Glas Prosecco zieht mir schon den Stecker aus meiner Leidenschaft.

Der Pausensong klingt aus, und die nächste Tanda startet mit einem klassischen Tango, >*Pensalo Bien*< von *Juan D'Arienzo*.

Flinke Augen finden sich zum kurzen unmissverständlichen Blickkontakt und werden durch ein leichtes Kopfnicken (Cabeceo) bestätigt. Mit sicheren Schritten streben die Tänzer zu ihren Auserwählten, die sich mit glänzenden, erwartungsvollen Augen erheben.

Andere Tänzer suchen noch, haben noch keinen Blickkontakt bei einer Tanguera gefunden und bleiben, wenn sie klug sind, stehen oder sitzen.

Wenn sie jedoch schon gestartet sind und ein anderer schneller war, gehen sie ohne Zögern weiter, als wenn sie gar nicht tanzen sondern zu Bar oder zu einem Bekannten wollten. Nur keine Blöße zeigen.

Ein scheinbarer Anfänger geht trotzdem, ohne sich durch ein *Cabeceo* zu verständigen, zu einer hübschen Frau, die mit ihrer Nachbarin in ein Gespräch vertieft ist. Auf seine Tanzaufforderung hin schüttelt sie nur den Kopf und wendet sich gleichgültig wieder der Nachbarin zu. Er steht benommen da, versteht nicht, was läuft, verlässt enttäuscht die Tanzfläche und rudert zur Bar der Gestrandeten.

An den Tischen sitzen Tangueras in halblangen, fantasievollen Tangokleidern, warten auf den Richtigen, hoffen, dass der Auserwählte ihre fordernden Blicke versteht.

Aber wieder ist da niemand, der sie auffordert. Ihre Blicke wandern durch den Raum, immer auf der Suche nach den Augen eines Tangueros, der durch sein Nicken (Cabeceo) die Aufforderung erwidert und kommt, um ihre Sehnsucht zu stillen.

Deshalb, liebe Tangofreunde, achtet auf eure Blicke. Wenn ihr nur einen Moment zu lange einer Frau in die Augen schaut, die da sehnsüchtig auf einen Tanz wartet, fühlt sie sich aufgefordert und kommt auf dich zu.

Ja, was machst du dann bloß? Mit dieser Frau wolltest du doch gar nicht tanzen. Entweder beißt du in den sauren Apfel und tanzt eine *Tanda* mit ihr. Das wäre die höfliche Form. Du hast zwar der Frau geholfen, das Gesicht zu wahren. Das ist jedoch für beide Seiten nicht wirklich befriedigend.

Dir fehlt der Genuss beim Tanzen, du bist nicht bei der Sache und zählst vielleicht schon die Minuten bis zum Tanda-Ende. Du vergeudest deine Zeit, wenn du dich nicht wirklich auf den Tango mit dieser Frau einlässt. Und sie spürt, dass du ihr nur einen Höflichkeitstanz schenkst, ohne wirklich mit vollem Herzen mit ihr tanzen zu wollen. Und das ist auch für sie frustrierend.

Nichts ist schlimmer für eine Frau, als dass ein Mann mit wachsweichen Begründungen ausweicht und nicht zeigt und sagt, was er will oder nicht will, also keine klare Ansage macht. Dieses Rumgeeiere, um der Frau nur ja nicht weh zu tun, ist doch Bullshit. Das hat keine Frau verdient.

Darum mein Lieber, sei ein ganzer Kerl und sage deutlich, was du willst.

Ich hatte einmal von der Bar aus eine Frau beobachtet, die völlig außerhalb des Musikrhythmus tanzte und dazu noch plötzlich, ohne auf die Führung des Partners zu achten, mitten in einer schwungvollen Drehung stoppte und damit ihren Tänzer aus dem Gleichgewicht brachte. Diese Frau beherrschte nicht die einfachsten Grundregeln, hatte kein Gefühl für die Musik und die Führung ihres Tänzers und setzte nur ihre eigenen antrainierten Schritte.
Mit der wollte ich auf keinen Fall tanzen.

Aber, wie es der Teufel will, hatte sie mich schon auf den Kicker genommen und kam ohne vorherigen Blickkontakt auf mich zu.

Als ich sah, wie sie in meine Richtung startete, bin ich aufgestanden und einfach aufs Klo gegangen. Auch eine Methode, zwar nicht sehr clever aber wirkungsvoll. So hatte ich sie erst mal vom Hals.

Aber kaum war ich wieder zurück an meinem Platz, da kam diese Chaos-Tänzerin wieder auf mich zu und forderte mich auf.
Ich habe grundsätzlich nichts dagegen, von einer Frau aufgefordert zu werden. Ganz im Gegenteil, ich fühle mich in der Regel geschmeichelt. Aber das hier war zu viel, und ich wollte auf keinen Fall mit ihr tanzen.

Also sagte ich: „Nein". Sonst nichts und schaute sie an.

Sie konnte oder wollte mein >Nein< nicht akzeptieren und fragte mich:

„Warum willst du nicht mit mir tanzen?"

Ich schaute sie nur an und sagte:

„Ich will jetzt nicht mit dir tanzen." Wieder blickte sie mich ungläubig an, aber ich blieb standhaft und verzichtete auf weitere Erklärungen, warum und weshalb nicht.

Mir ist das früher oft passiert. Wenn ich versuchte, mich in so einer Situation zu rechtfertigen, saß ich in der Erklärungsfalle, und mein Gegenüber konnte mich immer weiter zu Erklärungen und Ausflüchten zwingen, bis mir der Schweiß auf der Stirn stand und ich keine Ausreden mehr fand. Ich bin der Meinung, dass jeder das Recht hat, eine eigene Meinung oder einen Wunsch zu haben, den er nicht auch noch rechtfertigen muss.

Deswegen schaute ich diese Chaostänzerin nur an, bis sie begriff und wieder zurück zu ihrem Stuhl ging.

Puh, das war harte Kost. Das Standhalten und bei meinem >Nein< zu bleiben ist mir außerordentlich schwer gefallen, aber im Nachhinein war ich froh.

Diese Frau war zwar sehr enttäuscht von meiner Absage, aber alles andere wäre Verrat an mir selbst und meiner Liebe zum Tango gewesen.

Inwieweit meine Ehrlichkeit unhöflich ist mag ich nicht zu beurteilen, aber ich finde klare Kante besser als Mitleidstänze.

Ich will dich

Tango

Die letzten Takte einer mitreißenden *Milonga* klingen aus, und die Paare strömen verschwitzt und lachend von der Tanzfläche. Einige halten sich noch an den Händen, versprechen sich mit verstohlenen Blicken Heimlichkeiten und lassen nur zögernd voneinander, um zu ihren Partnern oder Freunden zu gehen.

Ich werde langsam ungeduldig. Jetzt bin ich schon seit einer halben Stunde hier und habe noch keinen Hauch von der schönen Unbekannten von voriger Woche gesehen. Vielleicht kommt sie doch nicht? Irgendwas ist ihr sicher dazwischen gekommen. Oder ist ihr Partner mit seinem untrüglichen Instinkt für gefährliche Nebenbuhler eifersüchtig geworden und hat sie zurückgehalten?
Oder hat sie mich einfach vergessen?

Je mehr ich grübele, desto mehr zieht es mich runter. In einem ersten Anfall von Enttäuschung und Wut bestelle ich mir bei Manni jetzt doch einen Prosecco, um mit meiner Stimmung nicht noch mehr im Keller zu landen.

Ich schaue mich um, ob vielleicht ein bekanntes Mädel auftaucht und habe Glück. Die hübsche Marion sitzt drei Plätze neben mir an der Bar. Unsere Blicke begegnen sich, fragen um denn nächsten Tanz und machen alles klar. Die *Cortina* klingt aus, und wir gehen aufs Parkett.

„Jetzt bin ich aber platt. Was machst du denn hier? Ich dachte, du bist am Wochenende auf deinem Männer-Workshop in Radolfzell am Bodensee?" Fragt sie mich auf dem Weg durch das Gewühl.

„Wie das Schicksal so spielt musste ich hier bleiben. Eine dringende Angelegenheit hat mich gezwungen, den Workshop abzusagen" versuchte ich ihr in dem Stimmen-Gewirr klar zu machen.

„Das muss ja schon etwas Besonderes sein, wenn du deinen heißgeliebten Workshop sausen lässt" lachte sie mir wissend zu.

Ja, wie Recht sie hat. Das Treffen heute hier mit der Unbekannten war mir wichtiger als der teure Workshop. Ich kann eben nur meinem Herzen folgen. In Sachen Tango hat mein Verstand Sendepause.

Die ersten Takte von >Danziamo< erklingen, einem temperamentvollen italienischen Vals von Io, Carlo. Ich nehme Marion in den Arm. Sie schmiegt sich an mich und legt ihren Kopf sanft an meine Schulter.

Mit ihr zu tanzen ist einfach ein Vergnügen. Marion ist eine fröhliche und muntere Tänzerin und fühlt sich beim Tango an wie eine Feder. Wir haben schon oft schöne Stunden miteinander verbracht, aber der Funke der Leidenschaft hat uns noch nicht ergriffen. So sind wir Freunde geworden.

Leichtfüßig und verspielt nutzen wir mit großen Schritten die noch relativ freie Tanzfläche für ein paar gewagte Schritt-Variationen und schwungvollen Drehungen. Auch die beiden nächsten Vals-Melodien dieser Tanda muntern mich auf und lassen uns durch den Saal fliegen.

Mitten in diesem Spiel schnuppere ich einen vertrauten Geruch, sehr vertraut, ein eigenartiges nicht erklärbares Parfüm von süßer Schwere, das mich trifft wie ein Hammer.

Sie ist da, ich habe sie noch nicht gesehen, aber ich spüre, sie ist da. Mein Herz stolpert, findet wieder in einen pulsierenden, fordernden Rhythmus. Die Jagd beginnt.

Mein Blick tastet durch den Raum, sucht zwischen den tanzenden Paaren, am Rand auf den Stühlen. Nein, dort brauche ich gar nicht erst zu suchen, an der Bar auch nicht.

Ein verirrtes Lachen, ich schaue hin, sehe sie in einiger Entfernung, ihre kastanienbraunen Haare, ihr metallisch grün schimmerndes Kleid, das ihren schlanken Körper nahtlos wie eine zweite Haut umschließt. Ihr Gesicht ist verdeckt von den Schultern ihres Tänzers, einem großen dunkelhaarigen Macho mit sicheren, geschmeidigen Bewegungen.

Mein *Vals* mit Marion wird unsicher, schwerfällig. Ich kann meine Schritte nicht mehr mit der gewohnten Achtsamkeit setzen, bin aus dem Rhythmus und finde nur schwer wieder zurück zu meiner Achse.

Marion wird unruhig, schaut mich fragend an und sucht im Raum nach der Ursache meiner Veränderung. Mit ihrem sicheren weiblichen Instinkt hat sie Heidrun entdeckt und drückt mir kurz verständnisvoll die Hand.

Mir geht ein Stich heiß durchs Herz, mein Atem fällt mir schwer, erdrückt mich. Ich schaue weg, aber in meiner Fantasie sehe ich Heidrun trotzdem, mit dem Anderen. Sie lächelt ihn an, berührt ihn mit ihren weißen, glatten Armen, umfasst ihn und genießt seine Nähe. Er ganz entspannt, sicher, jeder Schritt sitzt.

Sie entschwinden im Trubel der Tanzmenge wieder aus meinem Blickfeld. Ich erhasche noch ein kurzes Aufblitzen von ihren Augen in meine Richtung. Hat sie mich wirklich wiedererkannt?

Die letzten Takte von >Expression<, einem wunderschönen Vals aus dem Album >Porcelain< von *Helen Jane Long*, verklingen, und die Musik der *Cortina* füllt mit ihrer Fröhlichkeit den Raum.

Wortlos begleite ich Marion zurück zu ihrem Platz. Noch ein kurzer, verständnisvoller Blick von ihr, sie dreht sich um, und schon vertieft sie sich in ein Gespräch mit ihrem Tresen-Nachbarn.
So ist Marion, eine wahre Freundin, nicht nachtragend und kein Kind von Traurigkeit.

Total aufgewühlt gehe ich zu meinem Platz an der Bar und lehne mich schwer auf den Tresen. Manni schaut mich fragend an:

„Einen *Squash*?" Ich nicke nur, zum Sprechen reicht meine Kraft nicht.

Ich starre vor mich hin. Was soll das alles? Warum tu ich mir das an? Frauen!! Ich nippe verzweifelt an meinem *Squash*, aber der schmeckt fast wie Essig. Was ist das denn wieder für ein Gesöff?
Ich werde mir Manni mal zur Brust nehmen. Das kann er bei mir nicht bringen, so einen billigen Fusel. Oder ist mir in Erwartung des Kommenden der Geschmackssinn verkümmert oder überdreht?
Aus lauter Verzweiflung und Aufregung wende ich mich zum Tresen und zähle die roten Flaschen.

Plötzlich spüre ich eine magnetische Nähe hinter mir und erstarre. Meine Schultern ziehen sich zusammen, ich will es nicht glauben. Mein Herz bleibt ganz einfach stehen.

„Hey Carlos", ihre dunkle ruhige Stimme umfließt mich, fängt mich, macht meine Knie weich. Ich drehe mich langsam um.

Sie steht vor mir, einfach so, als ob nichts gewesen wäre bei unserer letzten Begegnung hier im >Cabeceo<. Ihre Augen schauen mich mit einem leichten Lächeln an:

„Schön, dich wieder zu sehen." Wie sanft ist ihre Stimme.
Ich sehe nur sie, ihr Lächeln, ihre fragenden, schön geschwungenen Lippen, die freundlichen klaren Augen.

Die Umgebung, die Menschen um mich, der Raum, alles versinkt in ein nebeliges uninteressantes Etwas. Ich lächle zurück, lehne mich lässig rückwärts mit den Armen auf den Tresen, weil ich nicht weiß, wo ich meine Hände hin tun soll und kippe einen Fuß auf die Tresen-Fußstange.

„Lust zu tanzen?" meine Stimme ist belegt, als wenn ich die Nacht durchgesoffen hätte. Mehr fällt mir nicht ein.

Mein Hirn ist paralysiert, leer. Hoffentlich habe ich nicht alle Schritte vergessen. Ich bin im Zustand der Denkunfähigkeit und das gerade jetzt. Jetzt, wo es drauf ankommt. Dabei hatte ich mir schon auf dem Weg hierhin raffinierte Sprüche ausgedacht für den Fall, dass ich ihr begegne.

„Hei Heidrun", wollte ich sagen, „lange nicht gesehen"
  (*sehr geistreich*).
„Dein Lachen geht mir nicht mehr aus dem Kopf"
  (*schon besser*)
„Ich habe mich nach der geheimnisvollen Tiefe deiner grünen Augen gesehnt", (*zu geschwollen, oder doch nicht?*)
„Ich freu mich so, dich wiederzusehen".
  (*klingt ganz gut, geht aber nicht, denn sie hat so etwas ähnliches schon selbst gesagt, und ich will kein fantasieloser Papagei sein.*)

Da rauschen die ersten Takte einer *Milonga* durch den stickigen Raum, ein irrer schneller Rhythmus. Erste Paare wagen sich auf die Fläche, Männer gehen zielgerichtet zur auserwählten Partnerin, mit der sie sich schon per Blickkontakt verabredet haben.

„Wollen wir tanzen?" meine Stimme krächzt wie ein verrosteter Wasserhahn, und ich kann meine Füße nur mühsam ruhig halten.

„Gerne, beim nächsten Tango? Ich möchte erst was trinken." Sie dreht sich zur Bar und bestellt einen *Aperol*. Ich stehe dicht neben ihr, spüre ihre Aura fast körperlich und genieße ihr Fluidum, ihre Nähe, die mich so verrückt macht.

Es ist mir gerade recht, dass wir unseren ersten Tanz, unsere erste Berührung nicht mit einer *Milonga* starten. Nach so einer schnellen Milonga steht jetzt nicht mein Sinn. Ich fiebere darauf, mit ihr in einem leidenschaftlichen Tango einzutauchen.

An der Bar herrscht ein derart hoher Geräuschpegel, dass eine sinnvolle Unterhaltung unmöglich ist. Ich will mich ja auch gar nicht groß mit ihr unterhalten, sondern sie in meinen Armen spüren. Ich genieße dieses Warten und spüre, dass da bald etwas ganz Elementares mit uns passieren wird.
Ihre magnetische Nähe kann ich ganz ohne Worte fast körperlich fühlen. Zwischen uns brennt die Luft.

„Bist Du schon lange da?" lächelt sie mich an. Ich versuche, sie nicht anzustarren und verstecke meine Augen hinter meiner Haarsträhne.

„Nein, bin erst eine Stunde hier."

Ich muss laut sprechen, damit meine Worte die Musik durchdringen können. Bei dem Krach kann ich nicht das gewisse sanfte dunkle Timbre meiner Stimme ausspielen, von dem ich glaube, dass es den Frauen gefällt.

Die letzte Melodie der Milonga-Tanda klingt aus, und die Paare strömen, total erhitzt durch die schnellen Rhythmen, von der Tanzfläche an die Bar. Fröhlich erklingen die ersten Takte der *Cortina* und geben uns noch eine kurze Pause, eine Gnadenfrist, bevor, ja was? Was habe ich bloß für überzogene Erwartungen?

Heute und mit dieser Frau bin ich nicht auf dem Verstehen-Wollen-und-Aufpassen-Trip.

Beide stehen wir da und warten, schauen uns an. Unsere Blicke versinken ineinander. Langsam steigt eine fiebrige, alles versengende Hitze in mir auf, vor diesem ersten Tanz mit ihr, mit dieser schönen Frau. Die Pausen-Musik klingt aus. Endlich stellt sie ihr Glas auf die Theke und wendet sich mir ganz zu.

„Komm!"

Sie fasst mich sanft am Arm, und wir schieben uns mit den anderen Paaren zur Tanzfläche. Ich mag dieses direkte ungekünstelte Wollen. Da ist keine Scheu, kein Zögern. Deswegen bin ich selbstbewussten, starken Frauen so ausgeliefert. Sie geben mir ein Gefühl von Geborgenheit.

Die Tanda beginnt mit einem Tango: Die ersten Takte von >*Gallo Ciego*<, füllen den Raum, einem Meisterwerk von *Oswaldo Pugliese*. Diese Musik zieht mich in den Bann, pulsiert durch meine Adern, mein Körper sehnt sich nach der ersten Berührung. Endlich. Um mich herum versinkt alles in einen undurchdringlichen Nebel, nur wir beide stehen uns ruhig gegenüber, warten.

Unsere Augen finden zueinander, sagen und versprechen alles. Es ist wie das Erkennen eines verlorenen Glücks.

Dann, wie durch starke Magnete gezogen, bewegen sich unsere Körper gleichzeitig aufeinander zu, berühren sich. Mein Arm legt sich wie von selbst sanft um ihren Rücken, umfasst sie zärtlich, aber mit voller Präsenz.

Oh, wie vertraut ist dieses Ankommen. Wohlig spüre ich ihre Wärme an meinem Körper, ihren Atem auf meiner Haut, den Geruch ihrer Haare. Ihre Wange steift mein Kinn, so dass es wie ein Blitz durch mich fährt.

Sie legt ihre rechte Hand leicht aber mit Präsenz in meine dargebotene Linke und windet ihren linken Arm um meine Schulter. Ihre Hand berührt dabei sanft wie absichtslos meinen Nacken, so dass mir der Verstand aus den Fugen springt. Und jetzt wiegen wir uns mit ganz kleinen Gewichtsverlagerungen im Rhythmus der Musik, um unseren Gleichklang zu finden.

Unsere Körper berühren sich noch kaum, doch ich spüre schon eine fordernde Kraft in ihren Armen, ein Drängen. Aber ich warte auf den Augenblick, wenn der Rhythmus der Musik sich verzögert, fast zum Stillstand kommt.

Nur ein leises Jammern des Bandoneons lässt alle Paare in der Bewegung langsamer werden, erstarren.

Dann, mit einer kraftvollen Kaskade setzt die Violine ein und treibt uns beide wie von selbst in die erste Schrittfolge. Hingabe und Klarheit, kein Zögern mehr, alles löst sich auf in Bewegung, Geschmeidigkeit, wir fließen dahin. Wie von Geisterhand weichen die anderen Paare aus, wir gleiten zwischendurch, absolut sicher.

Ohne Zögern folgen die Bewegungen und Schritte dem kraftvollen Pulsieren des Bandoneons. Sicher verwinden wir uns in der engen Drehung eines *Planeo*, die Füße schleifen am Boden und suchen einander für die nächste *Sacada*.

Das Tempo der Musik verzögert sich wieder. Wir folgen wie Sklaven, finden endlich zur berauschenden Nähe und sind Eins. Es gibt nur uns hier auf der Tanzfläche und sonst nichts.
Gewissheit: „Es ist richtig, so wie es ist. Jetzt."

Dann fliegen wir wieder dahin, schmiegen uns aneinander, halten uns fest, ganz fest und öffnen uns für den nächsten *Ocho*. Ich stoppe ihren linken Fuß mit einer *Parada*, führe sie in einen *Voleo* und gehe rückwärts um sie in einer Linksdrehung, immer gefolgt von ihrem rechten Fuß, nur unsere gemeinsame Achse nicht verlieren.

Dann Stopp. Wie eine Sichel wischt ihr rechtes Bein im Kreis über den Boden, fasst meinen rechten Fuß und schiebt ihn mit einer *Barrida* in einem Bogen, nimmt ihn in ein *Sandwich*, ich folge.
Wir greifen den Drehimpuls auf und wirbeln in eine *Colgada*, lassen uns fast bis zum Stillstand auspendeln. Weit ausholend fließen wir in einen Rückwärtsschritt. Weiter, immer weiter peitscht uns der Rhythmus.

Mein Körper schwebt, mein Denken ist absolut ausgeschaltet, meine Füße bewegen sich wie von selbst und gleiten in die nächste Figur, in die nächste Schrittfolge. Mein Herz klopft im Takt der Musik. Es passiert einfach, sicher und ohne Zögern.

Wir öffnen uns für eine kurze Phase der Distanz, eines *Rückwärts-Ochos*, erkennender Blick zueinander aus halb geschlossenen Augen, ein Umkreisen, den Blick gefesselt.

Behutsam schlängelt sich ihr Fuß mit einem *Gancho* an meinem rechten Bein hoch, während sie mir, als ob sie genau um die narkotisierende Wirkung dieser Berührung Bescheid weiß, den Mund leicht geöffnet, in die Augen schaut. Dann wieder drängendes Zueinander in einem innigen Verschmelzen in der Umarmung. Jedes Wort wäre zu viel, würde diese Stimmung zerstören.

Während dem Tango rede ich nie, absolut nie. Ich kann es nicht leiden, wenn meine Partnerin sich für jeden Patzer entschuldigt, oder Fragen stellt. Auch ich entschuldige mich beim Tango nie! Wofür? Alles, was passiert ist Tango.

Jetzt, mit einer letzten Synkope bäumt sich die Musik auf und verklingt in einem leichten Vibrato des Bandoneons. Außer Atem halten wir uns, sind ganz da, spüren uns, ohne Hemmung, ohne Angst, sind uns fremd und doch so vertraut. Dann zögerndes Lösen, noch einmal Nachspüren, das Herz beruhigt sich, wir sehen uns an, ein befreiendes Lachen lässt ihre Augen aufleuchten. Pure Freude durchströmt mich.

Aber es gibt keine Pause, keine Gnadenfrist:
>Zum<, ein klassischer Tango von *Oswaldo Pugliese,* beginnt mit wirbelnden Läufen auf dem Piano. Wir stehen, suchen uns, die Nähe, die Hitze des anderen, umarmen uns vorsichtig und warten auf den langsam deutlicher werdenden befreienden Rhythmus der Musik.

Jetzt, endlich, der Takt wird klar, und unsere Beine bewegen sich automatisch in eine *Base*. Ich spüre sie, ganz, ihren weichen Arm auf meiner Schulter, ihre rechte Hand fährt wieder sanft in meinen Nacken, in meine Haare und lässt mich erschaudern. Unsere Führungs-Hände, wie im gemeinsamen Gebet gefesselt und doch beweglich und jederzeit lösbar. Sie tragen und stützen sich gegenseitig wie eine Feder.

122

Durch mein Hemd spüre ich ihren Herzschlag, ihr Busen drängt warm und weich. Leicht legt sie ihren Kopf an meine Wange, und ich versinke im dunklen Odeur ihres verführerischen Parfüms, das mich ganz leicht streift und zutiefst berührt.

Ich lasse innerlich los, bin nur noch Musik und Bewegung, keine Hemmung, dann schwungvolles Taumeln in eine irrsinnige *Colgada*, aus der wir sicher, ohne das geringste Zögern oder Schwanken, auftauchen und abgleiten in einen *Rückwärts-Ocho*.

Mit weit ausholendem Bein greife ich ihren Fuß nochmals und schiebe ihn schleifend über den Boden durch zu einem nächsten *Sanguchito*. Dann, die Musik verzögert, wir folgen, hängen uns, gegenseitig Halt gebend, in eine *Volcada* und stürzen uns in die nächste Schrittfolge.

Bewegung, Musik, alles ist eins, wir fliegen dahin, ganz im Taumel unserer Berührung, sind uns sicher, es gibt nur den Moment. Unsere Herzen klopfen nun im Gleichtakt und beschleunigen mit dem Rhythmus der Musik.

Ich bin ergriffen vom Augenblick. Etwas Trauriges, Beklemmendes löst sich in mir. Meine Tränen verdunsten in ihrem Haar.
Erlösung, Befreiung aus dem Gefängnis der Konventionen.
Meine Seele wird rein, ist geheilt von allen Wunden. Hier ist alles möglich.

Der Tango klingt aus, wird leiser, verschwindet in der Ferne. Wir halten uns in einer letzten gewagten Pose, eng umschlungen, unsere Hände eng an meiner Brust, außer Atem, verharren einen Moment und lösen uns aus dem Eins-Sein, finden uns selbst wieder, unseren eigenen Atem und Herzschlag.

Wir tauchen auf aus diesem Strudel der Leidenschaft, aber wir wissen, es ist noch nicht vorbei.

Was wird jetzt noch Großes kommen, als letzter Teil dieser dramatischen Tanda? Um uns herum stehen eng die Paare, reden, lachen oder schauen sich nur an, warten wie wir. Der Raum ist jetzt so heiß, dass an den Fenstern das Kondenswasser in dünnen Rinnsalen den Weg nach unten sucht.

Der DJ ist ein großer Könner, ein Dirigent des Teufels, er lässt uns warten, verzögert das letzte Tangolied. Er weiß, dass wir wie große gespannte Pfeilbögen auf den Einsatz der Musik lauern, damit wir uns wieder in den Tango stürzen können.

Ich schaue Heidrun an, mein Herz ist voller Wärme, voller Güte und Freude am Augenblick. Hierfür lohnt es sich zu leben. Dieser Augenblick reicht als Begründung aus. Auch wenn dieser Tango bald vorbei sein wird, werde ich diesen Moment nie vergessen, immer in meinem Herzen bewahren, dankbar sein, so etwas erleben zu dürfen. Also kann ich nicht verlieren, wenn ich dieses Geschenk annehme und bewahre.

Wir stehen auf dem Parkett, Ruhe. Alle lauern auf den Augenblick.

Da, ein Piano-Anschlag am tiefen C.

Wie ein Hammer dröhnt mir der volle Klang des Pianos in den Magen, durchdringt mich bis in die tiefsten Poren, schwebt wie ein Geist im Raum und verklingt langsam zu einem Nichts: >*El Choclo*<, ein Tango von *Ángel Villoldo*, und von *E. Runge* und *J. Ammon* wunderbar neu arrangiert.

Leise, ganz zart setzt das Cello ein mit suchenden Rufen nach der Trägermelodie des alten Tangoliedes. Die Takte finden sich, lauter werdend, zum treibenden Rhythmus. Nichts ist mehr wichtig, nur das Jetzt, hier mit dieser Frau und dieser Musik.

Das Cello-Solo zieht uns wie Magnete zusammen, unsere Augen versinken ineinander, sind ganz dicht, eingetaucht in die Seele des Gegenübers, alles ist gesagt, nichts fehlt jetzt, hier.

Ihr Körper taucht fordernd in meine Armbeuge, schmiegt sich voller Vertrauen an mich, mein Arm umschließt sie sanft, sicher und stark; unsere Hände finden zueinander, berühren sich und umschließen sich so, als wenn wir schon immer zusammen wären.

Wir haben Zeit, alle Zeit der Welt. Ganz vorsichtig berühren sich unsere Wangen. Ich spüre ihre Wärme, ihre absolute Hingabe, wieder den Puls ihres Herzens, ihren so süßen und zarten Duft, der mich erregt, meine Sinn anstachelt bis zum Äußersten.

Wie pendeln, finden sicher den gemeinsamen Rhythmus des Tangos, warten noch einen gespannten Augenblick in der stillen Umarmung. Dann, weit ausholend sinken wir wie von einem Bogen abgeschossen in eine *Base,* aus dem Vorkreuzen in einen *Ocho Cortado*, Schritt auf Schritt schweben wir durch den Raum, wieder versinkt alles um mich herum, nur sie und ich. Unsere Füße tänzeln umeinander, fangen sich wie kleine Kinder, spielen miteinander.

Aber der Tenor des Cello-Solos ist ernst, getragen, führt uns zurück in fließende Tango-Schritte, schwungvolle Drehungen. Wir bewegen uns und atmen in absoluter Harmonie, in vollkommenem Gleichklang mit der Musik.

Das Cello führt uns mit seiner Klarheit und Transparenz in taumelige Höhen und lässt uns wieder abrauschen wie bei einer Schussfahrt im Schnee; ohne Netz, ohne Absicherung schwingen wir unsere Bögen. Es gibt keine Angst, nur absolutes Vertrauen, Nähe.

Nichts kann schiefgehen. Keine Rempler, wir finden traumhaft sicher unseren Weg durch die tanzenden Paare, ahnen Lücken schon lange im voraus, spüren die folgenden Paare, ihre Tangobahnen, weichen aus mit einem lässigen Schritt zur Seite, der schon wieder Beginn eines neuen Schrittes ist.

Ich denke nicht nach, lasse alle Impulse nur aufflammen, fließen, wahr werden. Unsere Körper lösen sich für einen kurzen Augenblick zu einem *Rückwärts-Ocho* mit anschließender *Media Luna*, einer wunderbaren Linksdrehung. Wir kommen in tiefer Umarmung zum Stillstand, ihre leicht geöffneten Lippen locken dicht bei meinem Mund. Ich spüre ihren heißen Atem, wie vor einem innigen Kuss. Aber hier ein Kuss wäre zu viel und würde die Magie unseres Tangos gnadenlos zerstören.

Ihre Augen sind geschlossen, verzückt ganz im eigenen Rausch, und wieder pendeln wir zurück, wie die Unruhe bei einem Uhrwerk, in die nächsten Figuren.

Die Musik treibt, immer deutlich und klar der Rhythmus, endlos folgen Schritte, Drehungen, dann wieder ein Loslassen zu einem Kreisel. Die gemeinsame Achse hält uns im Gleichgewicht, jetzt wieder zurück in die innige Umarmung.

Da spüre ich plötzlich aus dem Nichts eine Unruhe bei Heidrun, etwas streift unser Eins-Sein, dringt ein in unseren Taumel, in unseren schützenden Kokon.

Ich falle aus dem Rhythmus, nehme unbewusst war, wie Heidruns Augen blitzschnell einen anderen Mann fixieren, seinem Blick antworten.

Ich will es nicht wahrhaben. Heidrun hat schon den nächsten Tänzer klar gemacht: Wolfgang! Ich habe schon wilde Stories von ihm gehört. Er reist in Sachen Tango durch ganz Europa, von Finnland bis Portugal, immer auf der Suche nach einer neuen Milonga, einer neuen Begegnung, einem neuen Kick. Und er hat Erfolg mit seiner Masche.

Er tanzt den Tango minimalisiert, keine großen fließenden Schritte, schnelle Drehungen und Ochos sondern nur kleine Bewegungen mit extrem engem Kontakt zur Partnerin.

Er kommt immer mit einem ausgelutschten dunkelgrauen T-Shirt über einer halb in den Knien hängenden alten Jeans daher, dazu ausgeleierte Turnschuhe. Mit seinem wirren Haarschopf, den wulstigen Augenbrauen und seinen fleischigen Körper ist er wirklich kein Adonis und ähnelt mehr einem Neandertaler.

Aber er strahlt ein hohes Maß an Aggressivität aus. Grüßen oder mal miteinander Reden ist auch nicht so sein Ding.

Entweder sitzt er auf seinem Stuhl und starrt auf den Boden oder er hängt an der Bar. Nur wenn er eine Frau im Visier hat wird er lebendig, und er bewegt sich wie ein Tiger durch den Raum.

Viele gehen ihm aus dem Weg. Ich weiß nicht, was er für ein besonderes Fluidum hat, aber die Frauen hängen verzückt in seinen Armen, schmiegen sich an ihn mit geschlossenen Augen.

Ausgerechnet mit Wolfang, diesen verdammten Hund, hat sie schon alles für die nächste *Tanda* klargemacht. Ich fass es nicht, bin nicht mehr im Takt und kann nicht mehr tanzen

Aber da ist auch schon der letzte Ton des Tangos verklungen. Heidrun windet sich wortlos aus meinen Armen und verschwindet durch die Menge hin zu Wolfgang, ohne mir noch einen Blick zu gönnen.

Ich stehe da, wie vom Hammer getroffen. Was war das jetzt? Habe ich etwas falsch gemacht, dass ich so schnöde abserviert werde? In mir ist Aufruhr, ich verstehe die Welt nicht mehr, und mein bisheriges Hochgefühl mit Heidrun stürzt ab in eine tiefe innere Leere. Seelisch verwundet, als wenn mir Heidrun ein Messer ins Herz gerammt hätte, wanke ich von der Tanzfläche, um den anderen Paaren nicht im Wege zu sein und schleppe mich an die Bar. Ich fühle mich, als wenn mir Heidrun den Stecker gezogen hätte, leer, verbraucht, benutzt. Meine ganze Energie und Freude ist zum Teufel.

Erst mal zur Ruhe kommen, an der Bar bei Manni dieses Mal einen *Primitivo* aus Süditalien bestellen. Der Rote ist vollmundig, stark und fährt mir mit seiner feurigen Glut sofort durchs Gemüt. Manni schaut mich mit so einem wissenden Blick an, als wenn er das Desaster schon vorausgesehen hätte:

„Da hat es dich aber voll erwischt" grinst er. „Kann ich dir wenigstens etwas Gutes tun?"

Ich könnte ihm eine in die Fresse hauen, aber er hat ja Recht. Manni ist ein wahrer Barista, ach was, Therapeut. Mit seinem Blick von der Bar sieht er alle Dramen auf der Tanzfläche und hat für jeden ein passendes Wort.

Warum lasse ich mich so tief und ohne Netz auf eine derartige Achterbahn der Gefühle ein? Die immer weiter führende Suche nach dem nächsten Rausch, dem Kick der emotionalen Berührung hat schon den Charakter einer ausgewachsenen Sucht.

Zu glauben, dass diese exzessiven Momente des Tangos, dass diese totale Verschmelzung wie in einem Liebesakt das wahre Leben und Ziel all meiner Wünsche wären, ist wohl mehr als naiv.

Aber wen beschuldige ich eigentlich? Wolfgang ist nur ein Neuer für Heidrun und wie ich ihren hypnotisierenden Blicken ausgeliefert. Wie gerate ausgerechnet ich mit meinen vielen Jahren Tangoerfahrung an so eine Tango-Nymphomanin und lasse mich bedingungslos auf sie ein? Ich hätte es wissen müssen.

Mein Herz ist weidwund, aber ich lebe noch und will mich nicht durch diese Erschütterung unterkriegen lassen.

Um wieder ganz zu mir zu kommen, lasse ich ein paar *Tandas* vorüberziehen, höre die Musik, beobachte die Paare, ihre Suche nach dem Kick und entdecke auch Heidrun immer wieder im Arm eines anderen Mannes, ohne Pause, ohne mal einen Tanz auszusetzten, ohne zur Ruhe zu kommen.

Jetzt, mit diesem Tiefschlag nach Hause zu gehen?
Das gäbe ein Desaster und den absoluten Absturz in Selbstzweifel und Traurigkeit bis hin ins Depressive und dem Versuch, diese Gefühle mit Alkohol zu betäuben. Das kommt nicht infrage.

Langsam zieht mich die Musik wieder in ihren unwiderstehlichen Bann, *Pugliese, D´Arienzo, Piazzolla*, und wieder eine *Tanda* mit *Neotangos*, dann ein wunderschöner beschwingter Musette-Vals: >*Sous le ciel de Paris*< von *Tony Tomas*.

Schon zuckt es mir wieder in den Beinen, gehen mir die Tangoballaden unter die Haut.

>*Balada para un Loco*< von *Astor Piazzolla* klingt auf. Obwohl ich kein Wort Spanisch verstehe, berührt mich die sehnsuchtsvolle Stimme des Sängers zutiefst. Ich stehe da, lasse meine Tränen fließen und tauche nochmals ein in diesen Seelenschmerz, in diese grandiose Enttäuschung.

Beim Ausklang der >*Ballade für einen Verrückten*< kann ich aufatmen, eine schwere Last wälzt sich von meiner Brust, die Tränen versiegen und mit ihnen verfliegt meine Traurigkeit. Tief atme ich mehrmals durch, bis auch die letzten Reste der Niedergeschlagenheit verschwunden sind und ich meinen Körper wieder wohlig spüren kann. Ich lebe, ich bin zwar verletzt worden aber ich lebe, und bin wieder bereit, mich auf ein neues Wagnis einzulassen. Ich fühle mich wieder als Teil dieser wunderbaren Milonga und lasse mich von der Musik und der Stimmung im Raum berühren.

Meine Augen wandern durch den Saal, bleiben an einer hübschen kurzhaarigen Blondine im schwarzen hoch geschlossenen Cut-Out-Kleid hängen. Diese Frau braucht kein Make-Up, mit ihrem klaren Blick wirkt sie frisch und fröhlich.

Unsere Augen treffen sich für zwei Sekunden, genau eine Sekunde zu lang, um als zufällig durchzugehen. Ein leichtes, kaum wahrnehmbares Zwinkern ihrer neugierigen braunen Augen, und schon bahne ich mir mit sicheren Schritten einen Weg zu ihr:

„Ich möchte gerne mit dir tanzen."

Ende

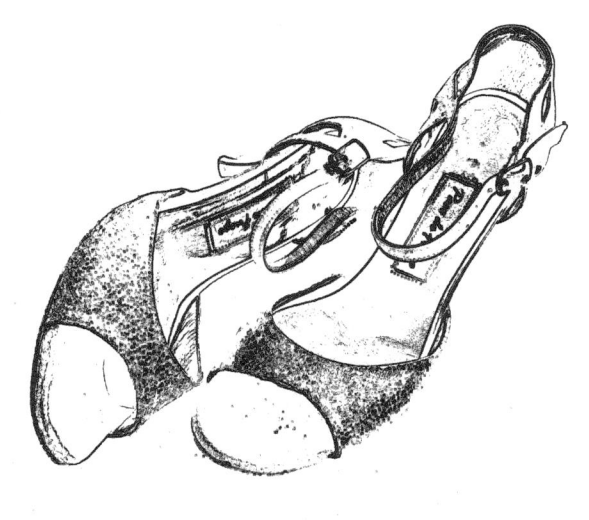

Anmerkungen

Endlich ist meine Geschichte erzählt, und ich kann wieder aufatmen.

Aber bisher haben ich noch nicht über die wunderschöne Tango-Musik, die bunte Vielfalt der Tangofiguren und die Tango-Regeln gesprochen.

Deshalb werde ich für alle, die mehr darüber wissen wollen,

- einen kleinen Einblick in meine Welt der *Tango-Musik* geben.
- Ich werde dich an diversen *Tango-Schrittfolgen* schnuppern lassen
- und mit den ungeschriebenen *Regeln* auf dem Parkett
  vertraut machen.

Carlos' Tango-Musik

Bandoneon

Über die Tango-Musik zu schreiben ist wie der Versuch, einem Blinden die Farben zu erklären. Musik kannst du sowohl über dein Gehör als auch deinen Körper sinnlich wahrnehmen und begreifen. Wer kennt nicht das Wummern der Bässe, das bis in den Magen dringt. Musik ist pure Energie, die dein ganzes System, deine Körperzellen und deine Gefühle zum Schwingen bringt.

Beim Tango unterscheiden wir drei grundsätzliche Rhythmen:

Der klassische Tango ist im 4/4 Takt geschrieben und wird mit der Betonung auf dem 1. und 3. Beat getanzt.

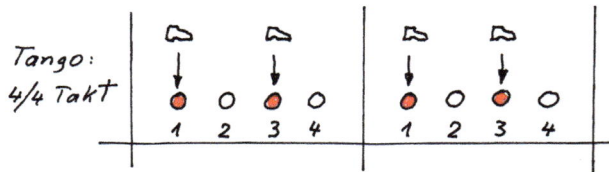

Der Vals wird wie der Wiener Walzer im ¾ Takt oder 6/8 Takt mit Betonung auf dem 1. Beat getanzt.

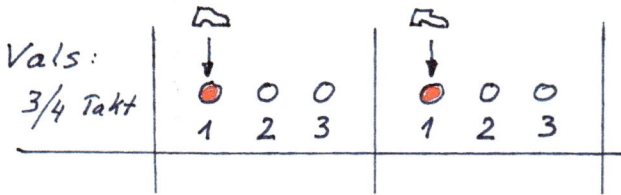

Die Milonga wird im 2/4 Takt gespielt. Jeder Beat kann gleichwertig getanzt werden.

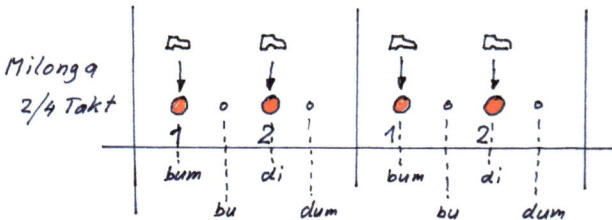

Neben diesen klassischen Formen haben sich inzwischen moderne Varianten, wie *Neotango, Tango Nuevo, Elektrotango*, und andere Formen entwickelt.

Dabei können die verschiedenen Tango-Stile dramatisch, getragen, lyrisch, heiter oder auch derb daherkommen und zumindest bei mir sehr unterschiedliche Empfindungen auslösen.

In den verschiedenen Tango-Veranstaltungen, die ich so kenne, wird mit der Musik zum Teil sehr frei experimentiert. Da sich der Tango leicht an unterschiedliche Musikstile anpassen lässt, kann ich ihn aber auf fast jede Musik, die einen klar hörbaren Beat hat, tanzen. Und der Beat ist es, der mich beim Tanzen antreibt.

Aber es gibt auch wunderschöne Melodien, bei welchen der Beat zeitweise gar nicht ausgeprägt hörbar ist. Hier kann ich nur die Taktschläge erahnen, auf meinen eigenen, inneren Beat hören und danach tanzen.

Mich verwundert immer wieder, wie gut das möglich ist, und mein eigener Beat wieder in Einklang mit der Musik kommt.

Die Milonga

Die *Milonga* ist quasi die Vorform des klassischen Argentinischen Tangos. Aus ihr hat sich der Tango vom 2/4 Takt in den 4/4 Takt entwickelt

Ihr sehr prägnanter Rhythmus hat seine Wurzeln in der Erde und wird spielerisch, mitunter aber auch provozierend und deutlich schneller getanzt als der Tango.

In der Regel gibt es beim *Milonga-Rhythmus* keine Verzögerungen oder Pausen wie beim Tango. Die Tänzer werden dabei ziemlich sportlich über das Parkett gejagt.

Ich tanze *Milongas* etwas deftiger, mit kleinen rhythmischen Bewegungen, dabei weniger elegant, dafür aber heiter in der Stimmung.

Wenn ich mal durchhänge, fange ich den Tangoabend nicht mit einer *Milonga* an, sondern ich warte, bis sich durch das Tanzen eines *Vals*, wie zum Beispiel >*Sous le Ciel de Paris*<, meine Stimmung erholt hat und meine müden Knochen wieder warmgelaufen sind.

Einen rassigen Sportwagen sollte man ja auch nicht schon beim Start mit kalter Maschine volle Pulle nageln lassen.

Manchmal packt mich eine bestimmte Melodie, dann geht die Post ab, und ich fordere alles von mir und meiner Partnerin, kenne keine Gnade, bis mir die Puste ausgeht.

Meine Schritte tanze ich bei der Milonga oft erdig. Das heißt: Ich setze jeden Schritt ganz bewusst und mit deutlicher Betonung auf. Diese Betonung fährt mir dann durch die Knochen und gibt mir ein wunderbares Gefühl von Kraft und Verbundenheit mit der Erde.

Einsichtige DJ's spielen mit Rücksicht auf das erlauchte, mitunter auch ältere Publikum während einer *Tanda* nur 3 Milongas anstatt wie beim Tango die üblichen vier bis fünf Tangos.

Hier zur Einstimmung eine meiner *klassischen* Lieblings-Milongas:

>*Milonga De Mis Amores*<

Komponist: Juan D'Arienzo,
Album: „The Tango Lesson"

Als Beispiel für die *moderne Interpretation* einer klassischen Milonga nenne ich:

>*Los Vino*<   Seven Eleven

Der Vals

Er lebt von seiner Fröhlichkeit, seinen romantischen Texten und bringt meine Sinne zum Schwingen. Beim *Vals* fliegen wir im 3/4tel Takt mit Betonung auf dem ersten Beat in immer neuen Drehungen und Verwindungen leicht wie auf einer Wolke am Himmel, alles Schwere hinter uns lassend, dahin.

Beispiel für einen klassischen *Vals* :

>*Amor Y Celos*<   Komponist: Juan D'Arienzo,
                      Album: The Tango Lesson

Beispiele für moderne Vals-Interpretationen aus dem *Tango-Nuevo*
   >*Balada Para Un Loco*<
                      Komponist Astor Piazzolla & H.Ferrer,
                      Album: Locos X EL Tango
   Ein Vals, der sehr stark geprägt wird durch die ausdrucksvolle Stimme des Sängers.
   Obwohl ich kein Wort verstehe versetzt mich diese Melodie in eine sentimentale Stimmung.
   Schwer zu tanzen!

   >*Gramophone*<
                      Komponist: Eugen Doga
                      Album: Cascade of Dreams
   Ein wunderbarer Piano-Vals, bei dem ich mich ganz hingeben kann.

Musette-Vals:

Der *Musette-Vals* wird üblicherweise auf dem Akkordeon etwas schneller als der *Tango-Vals* gespielt. Er „rollt" noch lustiger.
Die folgende Melodie gefällt mir außerordentlich gut und lässt meine Füße zucken:

>*Sous le Ciel de Paris*<

Komponist: Tony Tomas, musette magique & orchestra,

Ich stehe an einem warmen Sommertag in Paris. Vor mir öffnet sich ein kleiner Platz, überschattet von Platanen. Das farbenfrohe Kinder-Karussell dreht sich, Kinderlachen erfüllt die Luft. Fröhliche Frauen schwatzen hinter den Tischen und verkaufen Kaffee und Kuchen, und mittendrin eilen Paare auf einen hölzernen Tanzboden.
Die ersten Takte des *Musette-Vals* perlen auf und reißen die Paare mit in einen fröhlichen Reigen.
Leichtfüßige Mädels wiegen sich im Arm ihrer Verehrer und lassen ihre weiten blumigen Sommerkleider fliegen.
Das Akkordeon führt uns im Walzertakt durch seine wunderschöne Melodie.
Ich stehe da, sehe und lache, befreit von allen Sorgen.
Wie schön kann das Leben sein.

Der Tango

Der *Tango* ist ein überaus sinnlicher Tanz, er berührt meine Seele und mein Herz und fährt mir mit seinen Liedtexten voll von Sehnsucht und Trauer um eine verlorene Liebe mitunter in den Magen.
Die Tangoschritte tanze ich dabei weich fließend mit längeren oder kürzeren Schritten, mit Verzögerungen, Pausen, Verwindungen, Stopps, und Fußspielchen.

Beginnen wir mit den alten Meistern des Tangos der 30er Jahre, wie *Francisco Canaro,* dann *Julio De Caro, Roberto Firpo* und viele andere.
In den 40ern und 50ern wird der Tango langsamer, und Komponisten, wie *D'Arienzo, Biaggi, DiSarli* bis *Troilo* begeistern die Tangotänzer mit harmonischen tanzbaren Tangos. Aus dieser Gruppe von Komponisten ragen mit ihren expressiven und sehr dynamischen Tangos besonders *Pugliese, Federico* heraus.

Beispiele für klassische Tangos:
- Dramatisch: >*La Yumba*<   Osvaldo Pugliese,
                    >*Gallo Ciego*<   Osvaldo Pugliese
- Rhythmus-betont: >*Pensalo Bien*<   Juan D'Arienzo
                    >*La Cumparsita*< Gerardo M. Rodriguez
- Sehnsuchtsvoll: >*Quejas De Bandoneon*<
                    Anibal Truilo & Su Orchestra Tipica
- Gesang: >*Mi Buenos Aires*<   Carlos Cardel

Tango Nuevo

In den 50ern und 60ern revolutionierte *Astor Piazzolla* mit seinem konzertanten *Tango-Nuevo* die Tangomusik. Seine Stücke sind oft geprägt von stark wechselnden Tempi und mitunter nur in der eigenen Fantasie erkennbaren klaren Metrik. Sie sind teilweise schwer zu tanzen, aber immer voller Dramatik.

Als Beispiele aus dem Album „*Sur*" von Astor Piazzolla gefallen mir Melodien, wie

>*Tristeza*<, >*Maria*< *und* >*Vuelvo Al Sur*<

Besonders beeindruckt bin ich von

>El Choclo<, eine alte Tangomelodie von *Ángel Villoldo*.

Diese Melodie wurde im Album >*Cellotango, Works by Piazzolla*< von E. Runge und J. Ammon neu arrangiert.

Ich möchte dich an meinem Eindruck teilhaben lassen:

>El Choclo<

Ich stehe mit meiner Partnerin auf dem Parkett, Ruhe, kein Geräusch. Langsam umschließen wir uns in einer innigen Umarmung. Mein Blick versinkt in ihren rätselhaften grünen Augen.

Dann, aus dem Nichts, ein Piano-Bassanschlag. Nur ein Ton.

Wie ein Hammer dröhnt mir der volle Klang des tiefen C in den Magen, durchdringt mich bis in die tiefsten Poren, schwebt wie ein Geist im Raum und verklingt langsam, langsam zu einem Nichts. Unsere Umarmung verdichtet sich zu voller Präsenz und fiebernder Erwartung.

Leise setzt das Cello ein mit suchenden Rufen nach der Trägermelodie des Tangoliedes.

Die Takte finden sich, lauter werdend, zum treibenden Tango-Rhythmus, und ich muss tanzen. Ich kann jetzt nicht mehr zurück in Sicherheit, nicht mehr fliehen aus diesem waghalsigen Abenteuer der Lust und Leidenschaft.

Der Rhythmus verzögert sich, um dann wieder zu beschleunigen und neu los zu brausen durch dieses Meisterwerk.

Unsere Beine finden wie von selbst über das Parkett. Ich ziehe meine Gefährtin mit in gewagte Schrittfolgen, Drehungen, Wirbel, Ganchos.

Dann verzögern wir bis zum Stillstand, warten ab mit klopfenden Herzen, um erneut unsere Schritte mit noch mehr Dynamik zu finden.

Die Melodie ist betont einfach. Der Beat ist klar, brillant und wandert durch alle Oktaven.

Nichts ist mehr wichtig, nur das Jetzt, das Hier, mit dieser Frau und dieser wunderbaren Musik.

Neotango

Ende des 20. Jahrhunderts kamen die *Neotangos* auf und erfreuen sich seitdem zunehmender Beliebtheit. Dabei werden *Tango-*, *Techno-* und *Elektro*-Elemente zu fantasievollen Kompositionen vermischt. Die klassische Tangohaltung kann aufgelöst und mit Schrittfolgen und Bewegungsmustern aus verschiedenen Stilrichtungen wie *Disko Fox, Modern Dance, Ballett* bis zu *Street Dance* vermischt werden. Der Fantasie sind keine Grenzen gesetzt.

Die Melodien erfordern genaues Hinhören und ein sicheres Gespür für den Beat, der mitunter in den variantenreichen Klängen gar nicht mehr klar zu hören, sondern nur noch zu erahnen ist.
Hier zeigt sich der wahre Meister, der jede dynamische Änderung zu spannenden Verzögerungen und Schrittkombinationen nutzt.

Beispiele für Neotangos:

>*Da Cara a la Pared*<	Lhasa de Sela,
>*Percanta*<	Otros Aires
>*Darsena Sur*<	Maquinal Tango
>*Santa Maria*<	Gotan Project, La Revancha del Tango
>*Leonel, el Feo*<	Daniel Melingo, Tangos Bajos

Aber meine Lieblings-Neotangos sind:

>*Yumeji's Theme*<   von Shigeru Umenayashi

Diese Melodie im 3/4tel Takt reißt mich jedes Mal vom
Hocker und geht mir unter die Haut.
Dunkle, gezupfte Cello-Klänge erheben sich im 3/4tel-Takt.
Zart und fremdartig gleitet die Violine dazu mit ihrer klaren,
reinen Eleganz und führt in das Thema der Melodie, die auf
mich seltsam vertraut aber doch irgendwie fremd wirkt.
Ich sehe den Bogen über die Saiten der Violine wandern, zielsi-
cher ansetzen, ohne Zögern, mit aller möglichen Präzision. Die
Melodie windet sich auf bis in höchste Höhen, aber sie bleibt
ruhig, nicht drängend, immer im gleichen Takt.
Es geht eine hypnotische Faszination aus von dieser Melodie,
oder erwachen mir nur die Tränen meiner Erinnerung?

>*Sin Rumbo*< von Otros Aires

Das Musikstück beginnt mit einer klassischen Tango-
Melodie. Ich fühle mich zurückversetzt in einen argentinischen
Ballsaal der 20er Jahre, und wir zelebrieren unsere ersten Tango-
schritte.

Da, ein voluminöser Akkord, die Melodie wechselt voller
Elan und Freude in den stampfenden Rhythmus einer modernen heißen *Milonga* und wird immer wieder begleitet durch
lustvolle Ausrufe des Sängers. Wir werden mitgerissen und fließen dahin.
Wunderbar und lustvoll zu tanzen. Geht unter die Haut.

Tangoschritte

Im Gegensatz zum Europäischen Tango kann ich beim Tango Argentino eine Schrittfolge jederzeit stoppen oder mit einem anderen Schritt fortsetzen. Es gibt keine durchlaufenden festgelegten Schrittfolgen wie beim Europäischen Tango. Es werden zwar einzelne Schrittfolgen geübt, die kann ich aber beliebig miteinander kombinieren und jederzeit verändern. Das macht diesen Tanz so spannend. Meine Partnerin weiß nie genau, was ich als nächsten Schritt führe.

Beim Tango Argentino hat sich eine Vielzahl von typischen Tanzelementen entwickelt. Nach jedem Schritt fügen wir im Einklang mit der Musik und unserer emotionalen Berührung andere Elemente ein und kombinieren und gestalten sie immer wieder neu.

Die verschiedenen Tangoschritte haben für mich jeweils ihre eigene emotionale Bedeutung. Sie sind also nicht künstlich kreierte zufällige Bewegungen, die mir gerade so einfallen, sondern mit den Tangoschritten beginne ich einen emotionalen Dialog mit meiner Partnerin.

Wenn mich die Musik zum Beispiel sentimental berührt, werde ich eher kleine unkomplizierte Schrittfolgen tanzen und mein Augenwerk auf den Körperkontakt richten.

Werde ich durch dramatische Tangos, zum Beispiel von *Pugliese* oder *Piazzolla* aufgewühlt, so kann ich dieser Stimmung durch scharfe Figuren mit Stopps, spannenden Verzögerungen und Verwindungen Ausdruck verleihen.

Lässt uns ein *Vals* beschwingt in den Himmel fliegen, so nutzen wir die Gelegenheit für viele schöne Kreisel.

Will ich vor den anderen Jungs oder einer unbekannten Schönen brillieren, werde ich gewagte extrovertierte, mehr auf Show ausgelegte und großräumige Bewegungen zelebrieren.

Bei Anfängerinnen werde ich mich auf gut tanzbare Grundschritte, wie dem *Paso Basico*, sowie leichte Drehschritte beschränken und in erster Linie nur *Gehen*, das aber mit voller Achtsamkeit und Qualität.

Der Tango lebt dabei von der gegenseitigen Inspiration und nicht davon, dass ich als Führender meiner Partnerin irgendwelche Schritte aufzwinge, und sie mir willenlos wie ein Schaf folgt. So getanzt wäre für mich der Tango etwa so spannend wie die Wettervorhersage am Sonntagabend vor dem Tatort.

Deshalb möchte ich hier betonen, dass beim Argentinischen Tango beide Tanzpartner gleichwertig und aktiv am Tanz-Geschehen beteiligt sind oder sein sollten.

Einige der Elemente und Schrittfolgen, die ich besonders gerne tanze, habe ich hier für euch zusammengestellt.
Meine folgenden Beschreibungen und Skizzen dienen jedoch nicht zum Erlernen des Tangos. Sie zeigen euch nur einen kleinen Einblick in die wesentlichen Bewegungsmuster sowie die bunte Vielfalt der Tanzelemente und Kombinationsmöglichkeiten.

Aber auf das Zelebrieren möglichst vieler verschiedener Schritte kommt es beim Tango-Argentino gar nicht an. Es sei denn, du möchtest einen Show-Tanz vorführen.

Viel wichtiger ist deine Präsenz, deine Achtsamkeit für die Musik und deine Partnerin.

Es sind die klaren Führungssignale, die für deine Tanguera so wichtig sind. Da kannst du auch mit nur wenigen aber gut geführten Schritten punkten. Das sieht außerdem viel besser aus, als wenn du durch gewagte Schritt-Kombinationen taumelst und deine Achse verlierst.

Schwer zu führende Schnörkel bieten zwar was fürs Auge, aber nur dann, wenn sie beherrscht werden.
Klar, wir wollen alle gut aussehen. Aber sei mal ehrlich? Geht es dir um die Show, oder willst du es kribbeln lassen?
Also ich bin mehr fürs Kribbeln.

Bevor ich mit den Schritten beginne, möchte ich noch einige begrifflichen Besonderheiten zu den verschiedenen Fußspuren nennen, in denen ich mit meiner Partnerin gehen kann:

Beim *parallelen System* gehen die Tanzenden Brust an Brust direkt voreinander in zwei gemeinsamen Fußspuren. Der Mann kann auch seitlich nach rechts oder links versetzt neben seiner Partnerin in eigenen Fußspuren gehen. Wir gehen dann quasi vierspurig.

Beim *Cruzado* (gekreuztes System) gehe ich mit meiner Partnerin in drei Fußspuren. Wenn ich also mit meinem rechten Fuß vorwärts gehe setzt meine Partnerin ihren rechten Fuß rückwärts. Wir gehen beide mit dem rechten Fuß auf derselben mittleren Spur.

Zum Wechsel vom parallelen System in das gekreuzte System oder zurück nutze ich den *Cruzado pie* (Fußwechsel)

Ich kann z.B. beim Vorwärtsgehen den rechten freien Fuß mit einem schnellen Schritt in der Mitte des Taktes neben meinen belasteten linken Fuß stellen, die Belastung wechseln und mit dem jetzt frei gewordenen linken Fuß weitergehen. Hört sich kompliziert an ist aber ganz einfach.

Gut getanzt merkt meine Partnerin gar nichts von diesem Fußwechsel.

Bei einer *Finte* mache ich mit meiner Partnerin kleine schnelle Ausfallschritte nach vorne, nach hinten oder zur Seite, und wir wechseln dabei gemeinsam kurz die Belastung auf diesen Ausfall-Fuß.

Es ist mehr ein Kick mit der Hüfte und sofort wieder zurück. So gemeinsame kleine Seitenschritte (Hallo, ich meine nicht Seitensprünge!) zu machen, das hat schon was Lustiges, Beschwingtes.

Schrittfolgen:

Aus der Vielzahl der Schrittfolgen habe ich hier einige meiner Lieblingsschritte zusammengestellt:

			Seite
1.	Caminar	gemeinsames Gehen	152
2.	Paso Basico	Grundschritt	155
3.	Ochos	Achten	158
4.	Parada	Stoppen	159
5.	Sacada	Wegschieben	160
6.	Barrida	Fußschieber	163
7.	Saludo	Beinschlenker	164
8.	Boleo	geführter Beinschlenker	165
9.	Gancho	Beinhaken	166
10.	Caricia	Zärtlichkeit	168
11.	Media Luna	Halbmond	169
12.	Sanguchito	Sandwich	170
13.	Volcada	Anlehnen	172
14.	Lápiz	Bleistift	174
15.	Planeo	Sichelschritt	176
16.	Colgada	Hinauslehnen	178
17.	Moulinette	Mühle	181

1. Caminar (Gehen)

Leider wird in den Tango-Kursen und -Workshops viel zu wenig das *Tango-Gehen* geübt. Denn für einen erlebnisreichen Tango ist das richtige *Gehen* Voraussetzung.

Ich kann mit meinen Füßen mechanisch vor mich hin latschen und dabei an die nächste Steuererklärung denken. Das ist für mich kein bewusstes Gehen sondern Fortbewegung mittels meiner Beine. (ich könnte auch Bus fahren)

Gehen im Tango bedeutet für mich: Ich nehme bewusst jede meiner Bewegungen wahr, wie das Vorsetzen und Aufsetzen des Fußes, die Verlagerung meines Schwerpunktes und meiner Achse auf das nächste Standbein, das Lösen des entlasteten Fußes und Weitergehen auf der Tangostraße.

Und zum *Gehen* gehören nicht nur die Beine und Füße, sondern auch der ganze Körper, die Arme und der Kopf.

Wie oft beobachte ich gerade Männer, die beim Tango mit eingezogenen Schultern tanzen *(hoffentlich erwischt mich Mutti nicht bei meinem unsittlichen Tun)*.

Andere Männer tanzen mit nach vorne gebeugtem Kopf, so als wenn sie etwas auf dem Boden verloren hätten *(vielleicht ihre Lebensfreude?)*.

Also: „Kopf hoch". Setze dir eine imaginäre Krone auf und schaue nicht auf deine Füße.

Um richtiges *Gehen* zu lernen ist es meines Erachtens sehr wirkungsvoll, sich selbst einmal beim *Gehen* genau zu beobachten und bewusst wahrzunehmen, was du dabei mit deinem Körper, deinem Kopf, deinen Armen und Schultern machst.

Zum Beispiel:

> Wie gehst du entspannt spazieren?
> Wie eilst du zum nächsten Bus?
> Wie gehst du zum Treffen mit deiner(m) Liebsten?
> Wie gehst du bei Gefahr, Freude, Trauer, Wut?
> Wie gehst du als Roboter, Tiger, Krieger, Sklave, Verurteilter, Bettler, Kind, Greis, König?

Damit bekommst du ein Gespür, in wieweit deine Gefühlswelt und deine Vorstellungskraft dein *Gehen* beeinflussen.

Gerade das Üben im *langsamen Gehen* sehe ich als wichtiges Hilfsmittel:

- Das Verlagern des Gewichtes auf das Standbein,
- das Vorsetzen des Fußes, (Setze ich mit der Fußinnenkante auf?)
- das Beugen der Knie; streckst du dein Bein beim Vorwärts- oder Rückwärtsschritt?
- Wie bewegst du deine Hüften?
- Verwindest du deinen Körper gegen die Gehbewegung oder mitläufig, oder gar nicht?
- Setzt du mit dem Ballen oder der Ferse auf?
- Berührt dein Fuß beim *Gehen* den Boden oder hebt er ab?
- Bewegt sich dein Körper in einer gleichbleibenden Ebene oder gehst du rauf und runter?

Nun stelle dir den Tango vor:

Du bist erhobenen Hauptes dir deiner selbst als einzigartiges Wesen auf dieser Erde bewusst und bewegst dich voller Eleganz und Kraft, nimmst deine Partnerin mit ihrer Umarmung, ihrem Körper, ihrem Geruch, ihrer Wärme und Beweglichkeit als lebendiges Wesen wahr und achtest sie.

Du gibst dich ganz dem Rhythmus der Musik hin und bist jeden Augenblick bereit, deine Schritte zu ändern, deine Bewegungen dem Rhythmus des Tangos oder den Bedürfnissen deiner Partnerin anzupassen und der Musik Ausdruck zu verleihen.

Du wirst jederzeit deiner Partnerin einen sicheren Halt geben, ihr klare Impulse und Führung vermitteln, den von euch als Paar beanspruchten Raum erobern und durchsetzen und euch sicher und rücksichtsvoll in den Fluss der Tangopaare eingliedern.

Zum Schluss meiner kleinen Abhandlung über das *Gehen* möchte ich dir noch ein paar Vorschläge zum Üben mit auf die Reise geben:

- Schleiche wie ein Tiger.
- Stemme deinen Körper gegen einen starken Wind.
- Zieh mit deinen Füßen Furchen in den Boden.
- Gehe einen steilen Berg völlig aufrecht empor.

Wenn du diese Übungen machst, wirst du das *Tango-Gehen* mit anderen Augen betrachten und schätzen lernen.

2. Paso Basico (Grundschritt)

Der *Paso Basico* wird in vielen Tangoschulen als Grundschritt gelehrt und besteht aus acht Gehschritten, bei welchen der Mann seine Partnerin so führt, dass sie ihren linken Fuß vor ihren rechten kreuzt und anschließend im Grundschritt weitergeht.

Wenn du als Führender bei diesem Grundschritt einfach vor dich hin gehst, wird deine Partnerin einen Teufel tun und ihr linkes Bein vorkreuzen. Um vorkreuzen zu können braucht sie deinen Impuls, deine Führung durch leichte Verdrehung deines Oberkörpers.

Da ihr ja eng in der Umarmung verbunden seid, wird sie mit ihrem Oberkörper mit dir mitdrehen. Aus dieser Verdrehung heraus ist es jetzt für sie ein Leichtes, geziert ihren linken Fuß vor den rechten zu kreuzen (3 > 5).

Bei dieser Figur kannst du als Führender aus jeder Schrittposition deinen freien Fuß nach links, rechts, vor- oder zurücksetzen. Damit deine Partnerin dabei nicht durch die Gegend stolpert, musst du ihr die Schrittrichtung durch deine Körperführung mitteilen.

Ich zum Beispiel tanze grundsätzlich nicht mit meinem ersten Schritt nach hinten. Da könnte ja schon ein folgendes Paar stehen, und dann kracht es, und es gibt unschöne Kommentare.

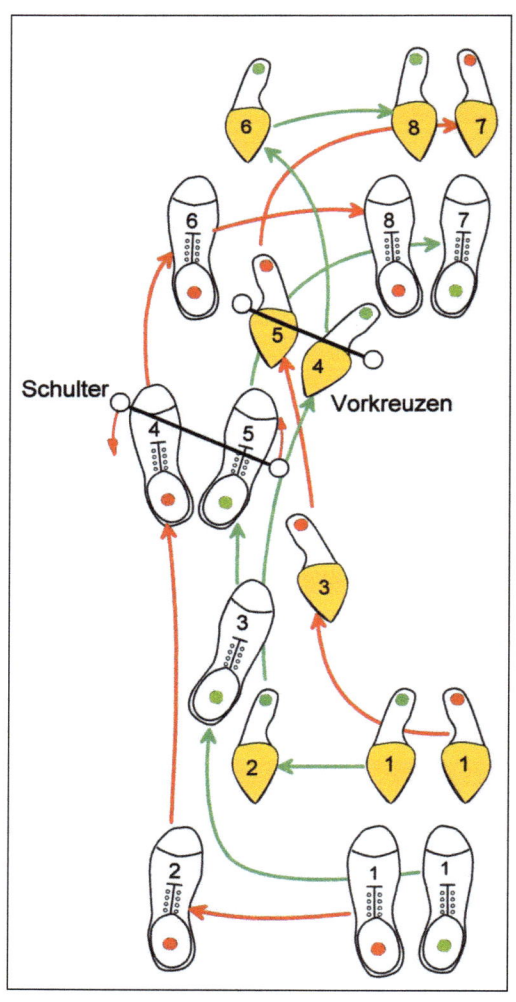

Schulter

Vorkreuzen

Schrittfolge Paso Basico

Du beginnst daher mit deinem linken Fuß (1) nach der gut ein-
sehbaren linken Seite (2) und verlagerst gleichzeitig deine Achse
über diesen Fuß.

Deine Tänzerin folgt mit ihrem rechten Fuß (1>2) und ihrer
Körperachse.

Soweit ist alles noch einfach.
Du brauchst dann nur noch den
roten und grünen Linien auf der
Skizze zu folgen.

Aber, wie ich schon sagte, bin
ich kein Freund von grauer
Theorie. Deshalb empfehle ich
nochmals dringend, dir diesen
einfachen Schritt von einem geübten Lehrer zeigen zu
lassen. Der biegt dann solange
an dir rum, bis der Schritt
klappt. Alles kein Hexenwerk.

Vorkreuzen

Im Netz gibt es viele tolle
Anleitungen und Videos. Die können das alles besser beschreiben als
ich.

Ich bin in einer Tangoschule aufgewachsen, in der unser Hexen-
meister Jörg versuchte, die intuitive Kraft in uns zu wecken, also
wilde Geschichten, bei denen es nicht so sehr auf exakte Schritte
ankam.

3. Ocho (Die Acht)

Typische Merkmale des Tangos sind neben dem engen Kreuzen der Beine (*Cruzada*) die sogenannten „*Achten*" bzw. „*Ochos,*" die vor allem von den Frauen getanzt werden.

Dabei beschreiben die Füße der Tänzerin auf dem Boden eine Acht. Diese Acht kann sowohl in Vorwärts- (*Vorwärts-Ocho*) als auch in Rückwärtsrichtung (*Rückwärts-Ocho*) getanzt werden.

Die *Ochos* setzen sich aus zwei Tanzelementen zusammen:

- der Drehung deiner Dame auf der Stelle (sogenannter *pivot*), und

- dem Schritt der Dame in die anvisierte Richtung.

Während deine Partnerin die *geführten Ochos* tanzt, begleitest du sie gewöhnlich mit einfachen, seitwärts gerichteten Schritten.

Pivot beim Ocho

Ich führe meine Partnerin zum Beispiel gerne in mehrere *Ochos* hintereinander.

4. Parada (Stopp-Schritt)

Nach dem *Vorwärts-Ocho* und einer 90°- Drehung *(Pivot)* der Frau kannst du deinen Fuß vor die Füße der Frau setzen und sie stoppen.

Nun hat sie Zeit und Gelegenheit, mit allerlei Verzierungen über dieses Hindernis zu einer neuen Schrittfolge, zum Beispiel einem *Vorwärts-Ocho* hinwegschreiten, oder dir einen Beinhaken (*Gancho*) zwischen die Beine zu knallen.

Das ist wieder so eine Gelegenheit für die Frau, ihre Spielchen zu spielen.

Es kommt drauf an, wie sie drauf ist.

Stopp-Schritt

5. Sacada (Wegschieben)

Mit einer *Sacada* „verdrängst" du scheinbar den freien Fuß deiner Partnerin aus seiner Position, stellst deinen Fuß dahin und belastest ihn.

Dabei ist es nicht wichtig, das Bein oder den Fuß deiner Tänzerin wirklich zu kontaktieren.

Was zählt ist der Impuls.

Eine *Sacada* kannst du aus dem gekreuzten System (gemeinsame mittlere Fußspur) starten. Du wartest, bis deine Partnerin auf dem rechten Fuß ankommt und schiebst ihren freien linken Fuß durch deine Gewichtsverlagerung von seinem Platz weg.

Das ist die einfachste Variante der *Sacada (Bild)*, die ich auch gerne mehrmals hintereinander tanze.

Wegschieben

Sacada mit Rechtsdrehung

Eine weitaus interessantere Variante tanze ich gerne mit einer Rechtsdrehung:

Du führst deine Partnerin in den Kreuzschritt der *Base*, öffnest ihr deine rechte Seite (du verwindest deinen Oberkörper dabei wie einen knorrigen Weinstock in eine Rechtsdrehung) und lädst deine Partnerin ein, mit ihrem freien linken Bein und ihrem Körper an dir vorbei durch diese Tür einen Schritt um dich herum zu gehen.(Bild)

Das Ganze geschieht in einer fließenden, kreisenden Bewegung. Dabei bleiben die Oberkörper einander zugewandt.

Für diesen Schritt ist es wichtig, dass du als Führender erst deinen rechten Fuß unbelastet vor den freien Fuß der Partnerin stellst, sie durch deine Öffnung nach rechts zum Hineingehen in die Drehung animierst, dann dein Gewicht auf den rechten Fuß verlagerst und dabei nach rechts drehst.

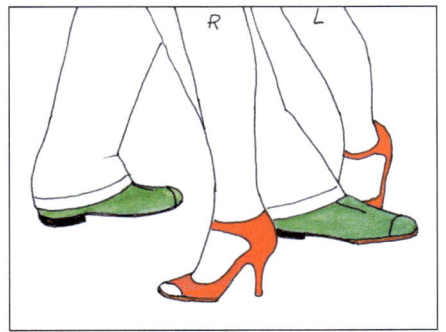

mit Rechtsdrehung

Das gibt deiner Partnerin einen Impuls, rechts um dich herum zu schreiten. Du hältst sie natürlich mit einer sicheren und stabilen Armführung.

Sacada für beide

Du führst deine Partnerin in eine Parallel-Position, in der ihr beide nebeneinander auf dem linken Fuß steht und in Tanzrichtung schaut.

Mit deinem rechten Bein machst du einen großen Schritt schräg vor deine Partnerin, öffnest ihr dabei stark verdreht deine rechte Seite und bietest ihr deinen freien linken Fuß zum Spiel an. (Bild)

Die Frau nutzt deine sich öffnende Beinstellung und steigt mit einer *Sacada* vor deinen linken Fuß.

Du, nicht faul, drehst deine Rechtsdrehung weiter, steigst nun mit deinem linken Fuß in die Beinlücke deiner Partnerin und schiebst nun ihr Bein in einen *Rückwärts-Ocho*.

Wir haben hier also eine Figurenfolge mit je einer *Sacada* der Frau und des Mannes. Auch hier kommt es auf eine fließende Drehbewegung des Paares an.

Sacada der Frau

Außer den genannten Schrittfolgen kannst du die *Sacada* auch in Links-Drehungen einsetzen.
Sie ist also ein sehr vielseitig einsetzbarer Schritt und ermöglicht viele schöne Bewegungen und Spielchen.

6. Barrida (Fußschieber)

Dein Fuß schiebt den unbelasteten Fuß deiner Partnerin in einer Art fegender Bewegung um ihr Standbein herum über das Parkett.

Barridas können vom äußeren Fuß, so wie im Bild dargestellt, oder auch vom inneren Fuß und von beiden Partnern ausgeführt werden.

Du kannst die *Barrida* auch mehrmals hintereinander tanzen und deine Partnerin auf ihrem Standbein drehen lassen.

Die *Barrida* kombiniere ich auch gerne mit anderen Schritten, wie zum Beispiel einem *Sandwich*, zu einer durchgängigen fließenden Schrittfolge.

Fußschieber

Ich liebe diese Figur, weil sie so viele Anschlussmöglichkeiten bietet, und sie meine Partnerin zu eleganten Fußbewegungen verleitet.

7. Saludos

Saludos sind selbstständig (also nicht geführte) meistens von der Frau ausgeführte Beinschlenker.

Der erfahrene Tanguero lässt der Partnerin in den verschiedenen Schrittfolgen immer wieder Freiräume und Gelegenheiten, in denen die Frau eigene, nicht geführte Bewegungen und Beinschlenker machen kann.

Hier bieten sich sehr schöne Spielereien mit den Füßen an.

Mein Freund, lass dir Zeit für so was. Es bereichert den Tango ungemein und gibt deiner Partnerin viele Möglichkeiten zur eigenen individuellen Gestaltung und gute Gelegenheiten, die hübschen Beine zu zeigen. Und das macht sie glücklich. Das willst du doch, oder?

Beinschlenker

8. Boleo (geführte Beinschlenker)

Die Frau macht aus einer Drehung heraus mit ihrem freien Bein eine dynamische Gegenbewegung.

Du startest diese Figur zum Beispiel mit einem schnellen Rechts-
schritt, drehst deinen Oberkörper
erst kurz nach links, so als wenn du
um eine Säule gehst, und sofort
wieder zurück nach rechts mit Gewichtsverlagerung auf den linken
Fuß.
Deine Gespielin kann durch diesen
Impuls mit dem freien Bein aus der
Hüfte heraus einen geführten Beinschlenker machen.

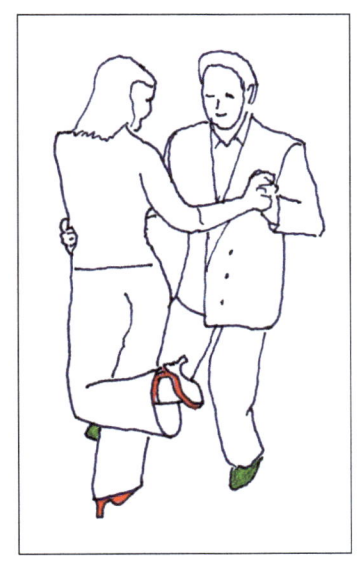

Boleo

Es ist für mich immer wieder ein
tolles Gefühl, wenn ich durch diese
kurzen Drehimpulse mit meinem Körper meine Partnerin dazu
bringen kann, ihr Bein so nachschwingen zu lassen, als wenn es von
einer Feder angetrieben wird.

Bitte zelebriere diese Verzierung nicht bei vollem Parkett, da
sonst durch die messerscharfen Stilettos für die Nachbarn Verlet-
zungsgefahr besteht.

9. Gancho (Haken)

Der *Gancho* ist im Grunde genommen eine gewagte Verzierung. Deine Partnerin hakt dabei ihr Bein zwischen deine Beine.

Damit dieser Schritt gelingt, muss du dein Gewicht voll auf den Standfuß (hier rechts) verlagern und dein freies Bein (links) etwas anwinkeln, weil sonst deine Partnerin ihr Bein nicht hinter dein Bein haken kann.

Natürlich kann auch der Mann diesen *Gancho* bei der Frau ausführen. Auch ist es möglich, den *Gancho* mit dem rechten Bein zu zelebrieren.

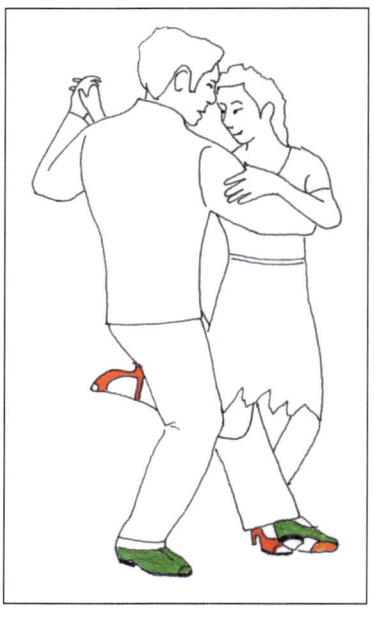

Gancho

Du beginnst diesen Schritt am besten mit einer *Sacada*, bei der du mit deinem linken freien Fuß die Füße der Frau gestoppt hast und deine rechte Seite öffnest. So kann sich deine Partnerin etwas zurücklehnen. Sie belastet dabei ihren linken Fuß.

Nun führst du deine Partnerin mit etwas Schwung nach vorne. Ihr rechtes Bein kreuzt über dein linkes Bein, setzt kurz auf und federt, durch deine Führung angeregt, sofort wieder zurück.

Dadurch schwingt ihr Bein (rechts) fast wie von selbst hoch zwischen deine Beine. Ein sehr dynamischer Schritt, der auch einige Achtsamkeit deiner Partnerin erfordert.

Die Dame sollte bei diesem Haken das Knie unten lassen und das Bein wirklich aus der Hüfte nach hinten schwingen.

Achtung:

An dieser Stelle bitte ich die holde Weiblichkeit, das Temperament zu zügeln und den Schritt nicht voll bis zum Po des Partners durchzuziehen.

Nach diesem *Gancho* kann deine Partnerin mit ihrem hakenden Bein zurück über dein Bein kreuzen, dabei ½ drehen und vor dir belasten. Ab hier könnt ihr normal im *parallelen System* weiter gehen.

10. Caricia (Zärtlichkeit)

Die Frau berührt mit ihrem Fußrücken oder Schienbein liebevoll das Bein des Partners.
Der Fuß kann dabei langsam an dessen Bein nach oben und wieder nach unten wandern.

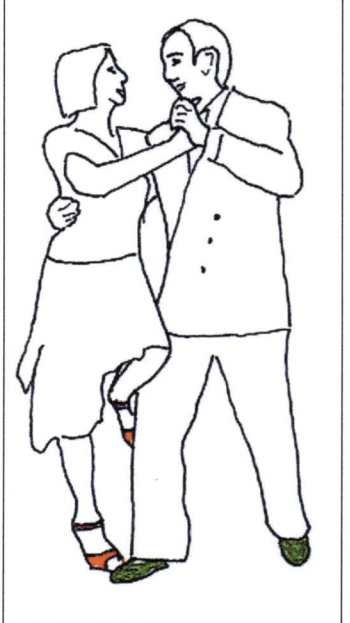

Um die erotisierende Wirkung dieser Berührung zu steigern, kann die Tanguera dabei dem Tanguero in die Augen schauen und die Lippen lecken.
Das macht ihn dann endgültig fertig.
Nur äußerst erfahrene Tänzer können solch ein Spiel schadensfrei überleben.
Also meine Damen, seid vorsichtig mit dem, was ihr tut. Der Schuss könnte nach hinten losgehen.
Solche Sachen könnten von ihm als

Caricia

ein Versprechen verstanden werden, und dann habt ihr den Typ den ganzen Abend und eventuell auch länger am Hals.
So was vergisst Mann nie!

11. Media Luna (der Halbmond)

Die *Media Luna* ist eine Links-Drehung, bei der deine Partnerin mit drei Schritten um dich herumgeht.

Ihr startet mit dem Seit- und Vorwärtsschritt der *Base*.

Mit einem rechten Seit- und anschließendem linken Vorwärtsschritt geht die Dame um dich herum, schließt und bleibt dir dabei mit ihrem Oberkörper zugewandt.

Du als Führender setzt nach dem Vorwärtsschritt in der Base deinen linken Fuß eingedreht nach hinten, drehst auf deiner Achse und führst währenddessen

Media Luna

deine Dame um dich herum, so dass ihr wieder im parallelen System ankommt.

Ein schöner und einfacher Drehschritt, den du gut tanzen kannst, wenn vor dir ein anderes Paar nicht weiterkommt.

12. Sanguchito (Sandwich)

Mit dem *Sanguchito* stoppst du den unbelasteten Fuß deiner Partnerin und fesselst ihn wie bei einem Sandwich zwischen deinen Füßen. Umgekehrt kann das deine Dame auch mit deinem Fuß machen.

Meine Schöne hat sich schon mehrmals verärgert bei mir beschwert, weil ich ihr bei die-sem Schritt öfters in vollem Schwung meinen linken Fuß hart an ihren Fuß geknallt ha-be. Frauen haben nicht solche Treter mit Rundumschutz an wie wir Männer. Die Frauen-schuhe sind meist zarte Gebil-de, in denen die Füße quasi frei in der Luft schweben.

Aber jetzt passe ich wie ein Luchs auf und führe meinen Fuß sanft wie eine Feder zum *Sand-wich*.

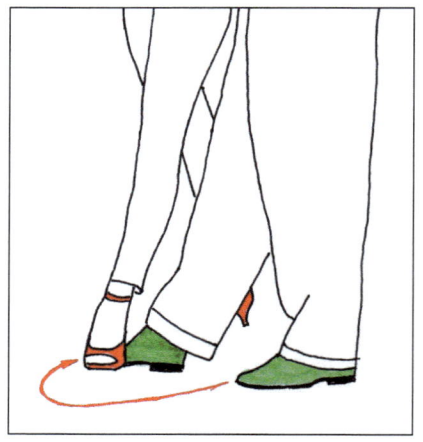

Stoppen

Diese *Sandwich*-Position hältst du nur ganz kurz. Du drehst dich weiter zu deiner Partnerin und führst deinen rechten Fuß etwas überdreht nach rückwärts.

Je nachdem, wie deine Hübsche drauf ist, führt sie ihren rechten Fuß mit dem Fußrücken an dein linkes Bein (*Caricia*) und fährt dort einmal rauf und runter.

(Ich vermute, sie will ihre Schuhe an deinem Hosenbein abputzen).

Sie kann jetzt auch deinen linken Fuß ihrerseits ins *Sandwich* nehmen. Also wieder eine schöne kleine Spielerei.

Nun öffnest du deinen Oberkörper nach rechts und lädst deine Partnerin ein, durch diese offene Tür um dich herum zu gehen.

Öffnen

Sie kann nun mit ihrem rechten Fuß über dein Bein steigen, durch deine geöffnete Tür gehen und mit einer halben Drehung wieder in Tanzrichtung ins *parallele System* schreiten.

Währenddessen hast du dich natürlich mitgedreht und stehst nach einem Fußwechsel auf dem linken Fuß.

Von hier aus kannst du deine Tänzerin zum Beispiel in einen weiteren *Rückwärts-Ocho* führen, und das ganze Spiel beginnt von vorne.

Die ganze Schrittfolge mit *Rückwärts-Ocho*, *Sandwich*, *Parada* und zurück ins *parallele System* tanzt du in einer einzigen fließenden Bewegung, und ihr dreht euch dabei einmal um eure Achse.

13. Volcada (Anlehnen)

Bei diesem sehr gewagten Schritt kippst du deine Partnerin kurz aus ihrer Achse, um sie in einer Kreisbewegung wieder in ihr Gleichgewicht zu bringen.

Kurz gesagt:
„Du forderst ihr ganzes Vertrauen an deine Geschicklichkeit und Stabilität."

Deine Partnerin steht dabei auf ihrem rechten Bein, lehnt sich an deine Brust, führt ihr linkes Bein vor dir graziös in einem großen Bogen vor ihr Standbein.
Bei diesem Schritt bilden eure Körper für einen Moment ein umgekehrtes „V".

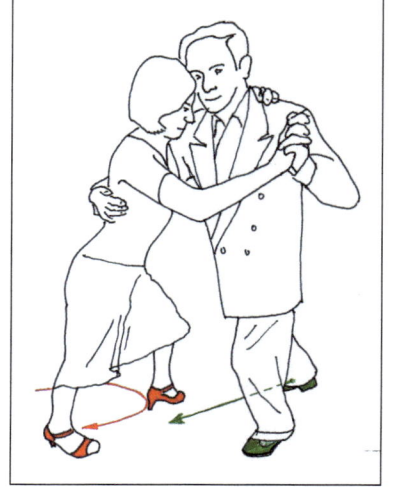

Anlehnen

Diese Schrittfolge leitest du vorzugsweise mit dem *parallelen System* ein. Du gehst links vor und stellst deinen rechten Fuß innen neben ihren rechten Fuß, machst mit dem linken Fuß einen etwas nach hinten versetzten Seitschritt, richtest dich auf und belastest ihn.

Wenn ihr dabei gemeinsam in die Knie geht, könnt ihr wunderbar Schwung holen und die Schwungfeder aufziehen. Durch deinen Rückschritt ziehst du deine Gespielin mit ihrem Oberkörper zu dir in die Kippstellung.

Jetzt kann sich deine Tänzerin in die *Volcada* fallen lassen und ihr freies linkes Bein in einem großen Bogen um ihr Standbein herum bis ins Vorkreuzen führen. Deine Partnerin ist bei diesem Schritt für einen kurzen Augenblick vollkommen aus ihrer Achse gekippt und fest an dich gelehnt.

Dieses Anlehnen und Aufgeben der eigenen Achse erfordert tiefes Vertrauen in deine Standfestigkeit. Mit den Armen wird dabei nicht rum gerudert. Sie bilden lediglich einen festen Rahmen für diese Figur.

Die *Volcada* kannst du dann sehr einfach durch zwei Gehschritte im *parallelen System* abschließen.

Noch etwas: Wenn du deine Partnerin zu weit aus ihrer Achse kippst, wird sie dir schwer wie ein Mühlstein am Hals hängen. Du verlierst deine Leichtigkeit und hast Mühe, durch ihre Last nicht in die Knie zu sacken.

Außerdem kann deine Partnerin durch zu große Schräglage Probleme mit ihrem durchgedrückten Rücken bekommen.

Die Kunst des Führenden liegt eben darin, für dieses Kippen der Achse das richtige Maß zu finden, damit es beiden Spaß macht.
Also lieber erst mal klein anfangen.

Aber Leute, was quassele ich hier bloß rum, man muss es gesehen haben, um diesen Schritt begreifen zu können.

14. Lápiz (Der Bleistift)

El Lápiz nennt man eine kreisförmige Bewegung des Fußes flach über den Tanzboden (eine Verzierung des Mannes).

Ich tanze diesen Schritt gerne im Anschluss an die *Media Luna*.

Zum besseren Verständnis beschreibe ich hier erst mal den Männerschritt:

Du setzt deinen linken Fuß zur Seite und den rechten Fuß vor.

Auf dem rechten Standfuß gehst du etwas in die Knie, um deinen freien linken Fuß sicher in einem Kreis führen zu können.

Mit der linken Fußspitze zeichnest du einen oder zwei Kreise auf den Boden und führst diesen Fuß in eine *Parada* an den linken Fuß deiner Partnerin. Dabei stehst du um ¼ Drehung nach links gedreht auf dem rechten Fuß.

Fußkreisel

Die Frau begleitet dich bei diesem Schritt mit >rechts zur Seite, *Rückwärts-Ocho* und rechts zur Seite<.

Während deiner abschließenden Drehung hältst du deinen linken Fuß dicht am rechten, damit deine Gespielin nahe an dir vorwärts vorbei gehen kann.

Zum Abschluss steht sie nun auf ihrem linken Fuß und hat den rechten Fuß mit dem Fußrücken an dein Bein gelegt.

Wie schon bei der *Parada* beschrieben kann deine Dame mit einem eleganten Schritt über deinen Stopp-Fuß schreiten und mit dir im parallelen System weitergehen.

Als Alternative kann sie aber auch mit ihrem rechten Bein ihre Spielchen spielen und einen flotten *Gancho* zwischen deine Beine haken oder sich mit einer *Caricia* an deinem Bein vergnügen.

Dieser Schritt sollte nur bei genügend Platz und einer sicheren Führung der gemeinsamen Achse getanzt werden.

15. Planeo (Sichelschritt)

Der Mann geht rückwärts um seine Partnerin. Sie führt dabei ihren rechten Fuß im großen Bogen um ihr Standbein über das Parkett.

Diese Schrittfolge erfordert schon einige Erfahrung und gelingt nur, wenn du absolut sicher in deiner Achse stehen und drehen kannst.

Du beginnst mit der *Base*. Du führst deine Tänzerin aus dem Kreuzschritt der *Base* in einen *Vorwärts-Ocho* zu deiner rechten Seite, lässt sie auf dem rechten Fuß zurückdrehen, so dass sie auf ihrem linken Fuß vor dir zum Stehen kommt. Besonders wichtig für diesen wunderschönen Schritt ist dann das gemeinsame Absinken auf eine niedrigere Bewegungsebene.

Absinken

Je weiter ihr in die Knie absinkt, desto größer kann deine Partnerin mit ihrem gestreckten rechten Bein einen Kreisbogen auf dem Parkett beschreiben.

Dazu belastest du deinen rechten Fuß kurz neben dem linken Fuß deiner Partnerin und beginnst, rückwärts in einem nicht zu engen Kreis um sie herum zu gehen. Durch deine stabile Arm- und Oberkörperhaltung führst du deine Partnerin nun in eine Linksdrehung und achtest darauf, dass sie immer in ihrer Achse bleibt.

Diese Rückwärtsdrehung kannst du beliebig lange gehen, aber irgendwann reicht es euch.

Zum Abschluss dieses Kreiselns schließt du mit deinem linken Fuß und streckst dich dabei wieder auf deine normale Höhe.

Auch deine Partnerin streckt sich mit dir und schließt mit ihren

Bogenschritt

rechten freien Fuß, so dass ihr wieder gemeinsam im parallelen System weitergehen könnt: >rechts vor, links zurück<

Du solltest diese Schrittfolge nur tanzen, wenn auf dem Parkett genügend Platz ist. Andernfalls kann deine Partnerin einem Nachbarn schon mal die Beine wegsäbeln. (Ist uns schon passiert).
Und das wollt ihr ja nicht.
Deswegen nenne ich diesen Schritt auch den „Sichelschritt."

16. Colgada (Weglehnen)

Bei dieser Schrittfolge lehnt ihr euch beide nach außen (V-Haltung) und dreht um eine gemeinsame Achse.

Ihr beginnt mit einer *Seit-Parada* und belastet dabei jeweils euer rechtes Bein. Deine Partnerin steht rechtwinklig zu dir. Du hältst sie sicher in deinem rechten gestreckten Arm, und ihr lasst euch gemeinsam nach außen in die *Colgada* sinken. Gleichzeitig wechselst du deine Fußbelastung kurz auf deinen linken Fuß, leitest eine Linksdrehung ein und führst deinen linken Fuß überdreht nach hinten.

Durch diesen Schwung wird deine Partnerin nach vorne mitgenommen.Sie führt ihr linkes Bein mit einem großen Schlenker

Weglehnen

ganz eng im Kreis um dich weiter. Nach dem Kreisel streckt ihr euch. Ihr steht wieder voreinander und könnt im parallelen System weitergehen.

An diesem Schritt feilen wir jetzt schon einige Wochen, und wir bekommen ihn immer noch nicht so richtig hin.

(Es kann natürlich an mir liegen, aber nach Schuldigen zu suchen bringt uns nicht weiter.)

Um solche Probleme zu meistern, gehe ich gerne in spielerische Improvisationen mit viel Rumprobieren und Albernheiten, die nicht direkt etwas mit der schwierigen Schrittfolge zu tun haben, aber viel Spaß machen.

Es hilft auch, so eine Figur erst in Einzelelemente zu zerlegen und diese zu üben, damit man ein Gefühl für die jeweilige Bewegung bekommt.

Dieser Schritt eignet sich jedoch meines Erachtens nicht für Anfänger! Aber ich habe ihn trotzdem in meine kleine Sammlung genommen, weil er mir so gut gefällt.

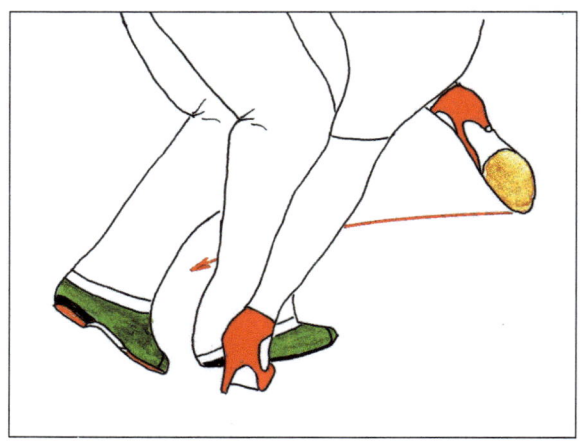

Augenblick der Wahrheit

17. Moulinette (Mühle)

Die *Moulinette*, oder auch *Giro* genannt, ist die klassische Drehung unter den Schrittfolgen und wird überall gerne getanzt. Die Frau geht dabei mit drei Schritten um den im Zentrum stehenden Mann und wieder zurück.

Du beginnst mit einer *Base* mit Vorkreuzen der Dame und führst sie von dort in einen *Vorwärts-Ocho*.

Anstatt deine Füße hier zu schließen, gehst du dabei etwas in die Knie und setze deinen rechten Fuß deutlich versetzt mit einer Verdrehung deines Körpers hinter deinen linken Fuß in eine stabile Position. Du ziehst sozusagen mit dieser Verwindung deine Körperfeder auf.

Deine Partnerin geht wie in einem *Karree* mit >rechts vor< in

Rückdrehung

den *Vorwärts-Ocho*, weiter mit >links zur Seite< und dann mit >rechts< in einen *Rückwärts-Ocho* um dich herum. Dabei drehst du dich mit und entspannst langsam deine Körperfeder.

Deine Partnerin dreht nun auf ihrem rechten Fuß zurück in einen *Rückwärts-Ocho* mit >links zurück, dann Seitschritt und rechts in einen *Vorwärts-Ocho*<.

Ihr steht nun wieder voreinander und könnt im *parallelen System* weitergehen.

Diese Schrittfolge bietet viele Varianten, wie zum Beispiel:
- Start mit einem *Rückwärts-Ocho* der Frau
- Der Mann dreht um die Frau
- *Moulinette* mit Linksdrehung
- Beide drehen sich um eine gemeinsame Achse.

Wichtig ist: Eure Oberkörper bleiben während der ganzen Schrittfolge einander zugewandt.

Soweit meine kleine Einführung in die Tangoschritte und Figuren. Wie bereits gesagt sollen diese Beschreibungen kein Gebetbuch für das Erlernen von Schritten sein, sondern dir einen Eindruck vermitteln, auf was du dich mit dem Tango einlässt.

Außerdem habe ich diese Beschreibungen auch für mich aufgeschrieben, weil ich endlich einmal wissen wollte, wie diese verdammten Schrittfolgen, die ich an sich schon lange tanze, eigentlich heißen und wie sie aufgebaut sind.

Grundsätzlich empfehle ich dir dringend, dir diese Schritte von einem geübten Lehrer zeigen zu lassen.

>Der kann das wesentlich besser als ich<.

Regeln auf dem Parkett

Regeln auf dem Parkett

Um für alle Beteiligten das Tanzen auf engem Raum leichter zu machen, gibt es auf dem Parkett einige ungeschriebenen Regeln zu beachten.

Einfädeln

Du kannst dich zwar mit deiner Partnerin ungehobelt zwischen zwei anderen Paaren in die Außenspur reindrängeln und wild durch die Gegend tanzen, aber damit machst du dir keine Freunde.

Wenn du dich bei schon laufender Musik in den Kreis der Tanzenden einreihen willst, ist es angebracht, auf eine Lücke zu warten. Das folgende Paar wird es zu schätzen wissen, wenn du deine Absicht mit einem kurzen fragenden Blickkontakt ankündigst.

Tanzrichtung

Es wird immer *im Kreis* gegen den Uhrzeigersinn getanzt. Ganz unbeliebt sind Tangopaare, die auf der Suche nach einem freien Platz in der Außenrunde quer durch den Raum schießen und andere Paare aus dem Konzept bringen.

Spurhalten

Ich bleibe grundsätzlich in der einmal gewählten *eigenen Tanz-Spur*, z.B. im Außenkreis. Das Wechseln in einen inneren Kreis oder umgekehrt lasse ich und warte mit dem Spurwechsel bis zum nächsten Tanz. Wir sind ja nicht auf der Autobahn und nicht auf der Flucht, und so gemeinsames Warten kann auch zu sehr netten Spielereien mit den Beinen oder Füßen genutzt werden.

Einfach miteinander in der Umarmung stehen, ist manchmal auch nicht ohne. Elegante Drehungen auf der Stelle sind auch gut möglich, bei denen die Partner wechselweise den Platz des anderen einnehmen (*Moulinette*).

Überholen

Das *Überholen* von anderen Paaren vermeide ich. Wenn so ein Schleicher vor mir seine minimalen Schrittchen macht und nicht von der Stelle kommt, drehe ich geduldig hinter den beiden Schnecken meine eigenen Kreise. Irgendwann gehen die beiden auch mal weiter.

Freiräume nutzen

Umgekehrt nutze ich die sich *öffnenden Freiräume* auch zügig für eigene, vielleicht etwas gewagtere Schritte, damit sich das Karussell der Leidenschaft munter weiter drehen kann.

Rückwärtsschritte

Ausladende *Rückwärtsschritte,* eventuell noch mit Fußkick, sind auf vollem Parkett gefährlich. Da kann ich schnell in das folgende Paar krachen, und das Geschrei ist groß. Es gibt mindestens böse Blicke.

Dabei hat mir mal eine Tänzerin (Ich glaube, sie hieß Helga und war bis dahin eine gute Freundin) ihren nicht waffenscheinfreien Bleistift-spitzen Absatz voll in die Wade gebrettert. Ich war danach kampfunfähig und musste meine blutende Wunde mit einem Pflaster versorgen. Die Hose war durch das Blut auch versaut.
Der Abend war für mich gelaufen und meine Stimmung im Eimer. Ab da war diese Frau für mich gestorben. Ich habe nie wieder mit ihr getanzt.

„Fall-in-Love" - Modus

Wie du siehst, ist der Tango Argentino sehr anspruchsvoll und fordert deine volle Konzentration. Er kann sogar gefährlich werden. Vor allem dann, wenn du in den Augen deiner Angebeteten versinkst, der böse Hosenwurm erwacht und der Verstand in die Hose rutscht. Und da, wo bisher die tollen Schrittfolgen gespeichert waren, lauert nur noch ein großes schwarzes gieriges Loch, und die Umgebung wird nicht mehr wahrgenommen.

Tango ist ein Tanz auf der Rasierklinge. Also solltest du als verantwortungsbewusster Tanguero zwar deine treibenden Emotionen zulassen, jedoch nicht in den gefährlichen „Fall-in-Love-Modus" verfallen und deine Partnerin schon auf dem Parkett vernaschen wollen.

Tanda bis zum Ende tanzen

Es gilt als ausgesprochen unhöflich, den oder die Partnerin vor dem letzten Musikstück einer *Tanda* (drei bis fünf Musikstücke) zu verabschieden und sich vom Acker zu machen oder, noch schlimmer, mit einer Anderen weiter zu tanzen. Das empfinden viele Frauen als Demütigung.

Es sei denn, du hast einen wirklich triftigen Grund, wie eine Verletzung oder totale Erschöpfung, die dich daran hindern, die begonnene *Tanda* bis zum Ende zu tanzen.
(Den Löffel abzugeben wird meistens auch entschuldigt.)

Auch wenn die Partnerin noch so schwierig zu führen ist, vielleicht den Takt nicht hält, nicht auf deine Führung achtet, oder dir auf die Füße tritt; das alles ist kein Grund, die Flinte ins Korn zu werfen.

Als echter Tanguero bist du es gewohnt, freundlich zu bleiben, aus solchen Schwierigkeiten das Beste zu machen und deine Führung so anzupassen, dass die Frau einen schönen Tanz erlebt.
Ganz unschön ist es, wenn du aus lauter Frust über einen unbefriedigenden Tango deinen Zorn mit harten Tangoschritten an der Frau auslässt. Dazu ist der Tango nicht da!

Damit beschließe ich meine kleine Reise durch die aufregende Tango-Welt.

Quellenverzeichnis :

1. „Tango Argentino", Artikel aus WIKIBOOKS:
   https://de.wikibooks.org/wiki/sport/Tanzen,
   23.01.2018

2. „Milonga", Artikel aus https://de.wikipedia.org/ vom
   10.02.2018

3. „Der Basar der Umarmung",
   Sonia Abadi, ABRAZOS-Verlag, 2014

4. „Die perfekte Masche",
   Neil Strauss, Ullstein-Verlag, 2017

5. „Tango, Collecciones für Tanzende"
   Guillermo Bruzzzero & Ana Vela
   Verlag: Books on Demand, 2008

6. „Der Tod tanzt mit", Krimi
   Rolf Thum, Larimar-Verlag, 2009

Dank:

Ohne die Unterstützung folgender Personen wäre dieses Buch nicht zustande gekommen. Deshalb möchte ich mich besonders bedanken bei:

➢ meiner Frau Karin für ihr geduldiges Zuhören, wenn ich ihr wieder ein Kapitel zum fünften Mal vorgelesen habe.

➢ meiner Tochter Gisela, die für dieses Buch mit leichter Hand die schwungvollen Skizzen zu den einzelnen Kapiteln zauberte und ein kritisches Tango-Auge auf meine Beschreibungen der Schritte und Musik geworfen hat. (...also Papi, das kannst du so nicht bringen! Das ist viel zu technisch beschrieben und liest kein Mensch.")

➢ Bärbel Pastuschyk, und Héctor Gonzales-Pino, unseren Tangolehrern. Sie brachten uns viele schöne Schrittfolgen bei, und Bärbel machte die Fotos, die ich als Grundlage für meine Schritt-Skizzen benötigte.

Weitere Veröffentlichung des Autors:

ISBN: 9 783746 030807

Abenteuer Jugend

Wir dachten uns eigene, gefährliche Spiele aus, wie Eisschollenfahren auf dem Rhein, Carbitbomben basteln, Patronen ins Feuer werfen, Cowboy-Spiele mit scharfen Waffen ...

Um in die Straßengang aufgenommen zu werden, mussten wir mit Schnitten in die Hand Blutsbrüderschaft besiegeln und Mutproben bestehen, wie Würmer essen, sonst war man eine Memme.

Wir kämpften als Ritter mit einem Salatsieb auf dem Kopf und kamen oft mit blauen Flecken nach Hause. Wenn wir was angestellt hatte wurden wir von meiner Mutter der Reihe nach verdroschen. Die anderen mussten dabei zusehen, bis sie an die Reihe kamen.

...Sexualunterricht fand auf der Straße statt. Von wegen Bienchen, Blümchen und Klapperstorch. Pikante Einzelheiten erklärten uns die 14jährigen Kumpels, die damit prahlten, wen sie alles schon flach gelegt hatten...

Mit 22 Kurzgeschichten führt uns der Autor in seine Welt der Jungs nach dem Krieg.

In Vorbereitung:

Abenteuer Ingenieur

Schon als Kind hatte ich einen fatalen Hang, alles auseinander zu nehmen, was mir in die Finger kam und die Einzelteile für eigene gewagte Entwürfe zu missbrauchen.

Ich war absoluter Technik-Fan. Meine Eltern waren aber der Meinung, ich sollte Pfarrer werden und steckten mich aufs Gymnasium. Ich und Pfarrer, bei meinem starken Hang zum Weiblichen!
Im Gymnasium hing ich auch bald ziemlich durch.

Als nichts mehr ging, und ich total absackte, schleppte mich meine Mutter zu einem Berufsberater. Der war meine Rettung und brachte mich auf den Erfolgsweg. Dabei kam mir eine Liebesgeschichte in die Finger, in welcher sich eine hübsche Frau in den Protagonisten verliebte, und der war »Ingenieur«. Da gab es für mich keinen Zweifel mehr: Ich wollte Ingenieur werden! Hoch motiviert machte ich diese Ausbildung über den zweiten Bildungsweg.

Bei der Erprobung meiner ersten Konstruktion saß ich im Flugzeug-Cockpit, die Hydraulikpumpen jaulten und mein verdammtes Verstell-System gab den Geist auf! Panik! Ich musste meinem Chef schwören, dass ich das bis zur Flugvorführung in zwei Monaten hinkriege.

Ich wechselte bald zum Fahrzeug-Bau und konstruierte für das »*Spurbus-System*« eine automatische Lenkung. Weil sich die Busfahrer weigerten, durfte ich bei der Inbetriebnahme der 100 Busse in Adelaide vor der Prominenz alle »worst cases« (wie Reifen-Platzer bei 100 Km/h, Ausfall ABS und so) selbst vorführen.

Inzwischen war ich als Troubleshooter bekannt und sollte für ein fast fertiges Forschungsfahrzeug ein aktives aerodynamisches *Spoiler-System* (AAC) erfinden. Das System zu entwickeln und in das Fahrzeug einzubauen gab durchgearbeitete Nächte.

Für das Projekt »*Autonomes Fahren*« entwickelte ich mit meinen Jungs eine digital ansteuerbare Bremse und Lenkung.

Auch wenn mir bei den Versuchen oft die Muffe ging, oder mir die Hutschnur platzte, wenn sich meine Auftraggeber nicht an die vereinbarten Nutzungsbedingungen hielten, so war dieses weitgehend freie Arbeiten als Ingenieur mein Traum.

Gegen Ende meiner beruflichen Laufbahn wurde ich Verbindungsmann für das europäische Gemeinschaftsprojekt »EUCAR« (European council for automotive and R&D).

Nicht zu verachten waren die damit verbundenen Reisen innerhalb Europas, mit schönen Hotels, netten Events, wie: »*Kanutour*« in den schwedischen Schären, Besuch im »La *Coupol*« in Paris, »*italienisches Essen*« in Turin, »*Shakespeare*« in Stratford-upon-Avon...

Dieses Leben entsprach meiner Einstellung, das Angenehme mit dem Nützlichen zu verbinden.

In vielen verschiedenen Geschichten lässt uns der Autor an seinem abenteuerlichen Leben als Ingenieur teilhaben.

Vita

Der Autor wuchs in Köln auf und studierte nach seiner Lehre als Werkzeugmacher Maschinenbau.

Die ersten Jahre als Ingenieur arbeitete er im Flugzeugbau mit an der Entwicklung eines Senkrechtstarters.

1971 wechselte er zum Daimler nach Stuttgart und wirkte dort bis 1998 im Bereich Forschung u.a. mit an der Entwicklung von autonom fahrenden Fahrzeugen und von regelbaren Spoilern am C112. Neben seinen beruflichen Aktivitäten baute er ein Segelboot und spielte, quasi als Ausgleich, viele Jahre Theater. In den 90ern lernte er den argentinischen Tango kennen und lieben.

Nach seiner Laufbahn als Ingenieur renovierte er mit seiner Frau auf dem Land in Schleswig-Holstein ein altes Bauernhaus, wechselte dann aber 2012 nach Kiel, um besser dem Tango frönen zu können. Heute arbeitet er an Kunstobjekten und schreibt Bücher.